KB062000

산책자의 인문학

일러두기 ───

1 이 책은 방일영 문화재단의 지원을 받아 저술·출판되었습니다.

2 본문의 인용문 가운데 번역자, 출판사 등이 따로 표기되지 않은 것은 저자가 직접 옮긴 것입니다.

3 본문의 사진은 작가 이서현이 직접 찍었고, 따로 저작권자나 소장처가 있는 경우에는 별도로 표기했습니다.

4 본문의 지명과 작품명은 국립국어원, 미술대사전, 미술백과를 참고해 표기했습니다.

5 책 제목은 겹낫표(『 』), 편명, 영화 등은 홑낫표(「 」), 신문, 잡지는 겹화살괄호(《 》)를 써서 묶었습니다.

산책자의 인문학

인문학

천천히 걸으며 떠나는
유럽 예술 기행

글 문갑식 사진 이서현

다산
초당

오스트리아의 수도 빈(비엔나)의 중심에는 링 스트라세Ring Strasse
라는 장소가 있다. 링은 원을 말하고 스트라세는 거리를 뜻한다.
노면전차인 노란색 트램을 타고 원형으로 도심을 감싸고 있는 이
순환도로를 한 바퀴 돌면 슈테판 대성당, 호프부르크 궁전, 부르
크 극장, 빈 미술사 박물관 등 도시의 주요 명소를 한번에 살필 수
있다.

이곳에서 특히 빼놓지 말고 들러야 할 장소가 있다. '비엔나' 하
면 커피라는 말이 자연스레 떠오르는 것처럼 거리 곳곳에 있는
다양한 살롱과 카페다. 가장 유명한 곳은 1876년에 처음 문을 연
'카페 센트럴'인데, 지금도 가볍게 식사를 하거나 커피나 디저트
를 즐길 수 있는 명소다. 그런데 이곳이 지금과 같은 명성을 얻은

데에는 사실 더 큰 이유가 있다.

> 레온 트로츠키, 지크문트 프로이트, 알프레트 폴가, 슈테판 츠바이크, 페터 알텐베르크, 아돌프 로스 등 위대한 예술가와 건축가, 철학자를 만나보세요. 농담처럼 들리는 이 말은 1876년에 문을 연 카페 센트럴에선 일상이었습니다.

카페 센트럴의 소개 문구다. 이름을 듣는 것만으로 가슴을 뛰게 하는 이들이 한곳에 머무르면서 시간을 보내고 곳곳에 손때를 묻혔던 것이다. 이런 이야기를 알고 나면, 그저 외형적으로만 아름답게 보였던 장소가 좀 더 특별하게 느껴진다.

사실 내게는 여행을 떠나기 전에 하는 버릇이 하나 있다. 여행하는 곳과 관련 있는 예술가와 작품을 찾아보는 것이다. 시, 소설, 그림, 조각, 음악 등 우리가 걸작이나 명작이라 부르는 작품을 한껏 감상하고 여행지로 떠나면, 단지 눈에 보이는 그 공간의 현재뿐 아니라 과거까지 여행할 수 있다. 마치 카페 센트럴에서 커피를 마시고 있으면 프로이트, 폴가, 츠바이크, 로스가 한자리에 모여 열을 내며 이야기를 나누는 장면이 눈앞에 그려지는 것처럼 말이다.

『산책자의 인문학』은 바로 그런 경험을 바라는 독자를 위해 썼다. 이탈리아, 프랑스, 영국의 여러 도시와 마을을 중심으로 전작 『여행자의 인문학』에서 미처 다루지 못한 작가 개인의 삶은 물론, 위대한 예술 작품의 탄생 배경과 그것이 담고 있는 시대정신까지 함께 다루려 했다. 딱딱하게 지식만 전달하는 게 아니라 흥미로운 뒷이야기도 풍성하게 담아 예술가와 함께 가볍게 산책하는 기분으로 읽을 수 있게 했다.

르네상스부터 현대에 이르기까지 내로라하는 위대한 예술가 15인의 흔적을 천천히 따라가다 보면, 어느덧 유럽이 좀 더 가깝게 느껴지고, 여러 도시와 마을 곳곳에 녹아 있는 역사와 문화가 친근해질 것이다. 이 책을 통해 많은 사람이 좀 더 낭만적이고 지적으로도 풍성한 여행을 했으면 좋겠다.

이 책이 세상에 나오기까지 여러 사람의 노고가 있었다. 무엇보다 취재나 집필을 위한 일로서의 여행이 아니라, 구석구석 숨겨진 아름다움을 느끼는 여행을 할 수 있었던 것은 사진작가 이서현의 역할이 컸다. 그 덕분에 르네상스 시대의 화려한 건축물이나 체르탈도의 드넓은 평원, 화이트 클리프 같은 절경을 마주할 때마다 잠시 걸음을 멈추고, 그 아름다움을 온전히 만끽하는 여유를 가질 수 있었다.

마지막으로 책이 출간될 때까지 많은 격려와 지원을 아끼지 않은 방일영 문화재단과 다산북스, 그리고 이 책에서 다루는 작품의

인용을 흔쾌히 허락해주신 여러 출판사에도 진심으로 감사의 말
씀을 드린다.

2019년 가을의 문턱에서

문갑식

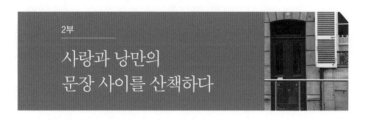

2부

사랑과 낭만의
문장 사이를 산책하다

4부

안개 자욱한 스파이와 판타지의 세계를 산책하다

영국

옥스퍼드 ●

런던 ●

르 카레, 포사이스

루이스

베를린 ●————**르 카레**

독일

샤를빌 메지에르 ●
랭보

파리 ●
포사이스

프랑스

리옹 ●
생텍쥐페리

생 레미 드 프로방스 ●
고흐, 노스트라다무스

● 뤼브롱산
도데

잘츠부르크 ● 빈 ●
오스트리아
클림트, 포사이스
모차르트

베네치아 ●
————**카사노바**

피렌체 ●
페트라르카
보티첼리, 단테 ● 체르탈도 ● 아레초
보카치오

이탈리아

1부

온몸의 감각을 깨우는
예술의 도시를

산책하다

1장

르네상스의 아름다움을 알려면
'작은 술통'에 주목하라고?

.

보티첼리와 피렌체

어떤 아름다움은 시간이 지나도 색이 바래지 않는다. 내게는 피렌체라는 도시가 그렇다. 이탈리아 중부 토스카나주의 중심 도시이자 '로마의 딸'로 불리며 오랜 번영을 누린 도시답게 화려하게 빛나던 시간의 흔적이 곳곳에 녹아 있다. 피렌체라는 이름은 '꽃의 도시'라는 뜻이다. 로마군이 처음 이 땅에 들어왔을 때 아르노강 주변에 만발한 화려한 꽃밭을 보고 이름 붙였다고 한다. 영어로는 '플로렌스Florence'로 지금도 'Flo'라는 접두사가 붙은 독일어나 영어 단어 중에는 '활짝 피어 있다'는 뜻을 가진 것이 많다.

도시를 대표하는 상징물은 '두오모(대성당이라는 뜻)'라는 별칭으로 유명한 산타 마리아 델 피오레 대성당이다. 지금도 세계에서 가장 큰 석재 돔을 자랑한다. 몹시 웅장하고 아름다운 모습의 이 성당은 오랜 공사 기간으로도 유명한데, 1296년에 처음 시작된 공사는 여러 우여곡절 끝에 140년이 지난 1436년이 되어서야 돔 공사를 마칠 수 있었다.

아르노강을 가로지르는 베키오 다리 역시 이 도시를 대표하는 건축물이다. 이름부터 '오래된_{vecchio} 다리'인 이 다리는 1345년 로마 시대에 지어져 700년 가까운 시간 동안 그 모습 그대로 도시를 하나로 연결하고 있다. 이 다리에는 몇 가지 특별한 이야기가 있다. 그중 가장 유명한 것은 이 다리가 연인의 명소가 될 수 있었던 일, 바로 피렌체와 중세 유럽을 대표하는 시인 단테 알리기에리가 평생 연모했던 베아트리체를 처음 만난 장소가 이 다리라는 전설 같은 이야기다. 그들은 비록 현실에서는 맺어지지 못했지만, 단테는 자신의 연인을 『신곡』이라는 불멸의 고전 속에 담아 냄으로써 영원한 사랑을 완성할 수 있었다. 지금도 이 다리를 찾는 연인은 영원한 사랑을 맹세하며 자물쇠를 걸어 다리에 매달거나 아르노강에 던진다고 한다. 시에서는 이런 행동을 금하고 있다지만, 어디 사랑이 장애물이 있다고 쉽게 막아지는 것이던가.

피렌체 하면 빼놓을 수 없는 장소에는 미켈란젤로 언덕도 있다. 미켈란젤로의 대표작 「다비드상」의 모조품이 설치되어 있는 이곳은 붉은색 지붕으로 가득한 피렌체의 전경을 한눈에 바라볼 수 있는 명소다. 특히 하루가 저물어가는 해 질 무렵은 이 도시의 아름다움이 가장 빛을 발하는 시간대다.

두오모 성당 옆 조토의 종탑에서 바라본 피렌체의 전경

피렌체의 아르노강과 베키오 다리
베키오 다리에는 금세공 상점과 수공예 상점이 들어서 있다.

오랫동안 무역과 금융의 중심지였고 건축과 예술의 도시이기도 한 이곳 피렌체는 도시 전체가 유네스코 세계유산에 등재될 만큼 오랜 역사와 아름다움으로 유명하지만, 그중에서도 다음 두 단어와 밀접한 관계가 있다. 바로 '르네상스'와 그 르네상스의 터전을 만든 '메디치 가문'이다.

르네상스, 특히 서기 15~16세기의 100년은 인류 역사를 통틀어서도 매우 흥미로운 시기다. 예술, 과학, 철학 등 다양한 분야에서 한 세기에 한 번 나올까 말까 한 천재가 한꺼번에 쏟아졌기 때문이다. 산드로 보티첼리, 레오나르도 다빈치, 미켈란젤로, 라파엘로 등 오늘날까지 위대한 예술가로 이름을 남긴 이들이 이 시기 피렌체에서 함께 활동하면서 문화를 화려하게 꽃피웠다. 이 도시에서 싹을 틔운 르네상스 인문주의는 이내 유럽 전역으로 퍼졌고, 마침내 인류 문명의 전반적인 수준까지 끌어올렸다.

앞에서 거론한 이름은 모두 중요하지만, 여기서는 특히 보티첼리와 메디치가에 대해 다루려고 한다. 「모나리자」로 유명한 화가이자 다방면에서 천재성을 발휘한 레오나르도 다빈치나 「다비드상」과 「피에타상」 등으로 널리 알려진 조각의 귀재 미켈란젤로, 「아테네 학당」으로 명성을 떨친 화가 라파엘로를 놔두고, 보티첼리를 다루는 데에는 이유가 있다. 보티첼리야말로 피렌체라는 도시와 가장 깊은 인연을 맺은 인물이기 때문이다.

르네상스의 도시 피렌체의 전경
아르노강을 중심으로 베키오 다리와 두오모가 한눈에 들어온다.

'작은 술통'이라 불린 수수께끼의 화가

•

보티첼리는 여러모로 수수께끼의 화가다. 1445년에 태어났다고 알려져 있지만, 어디까지나 추정이다. 태어난 해부터 부정확한 그의 삶은 지금까지도 완전히 다 밝혀지지 않았다. 그가 남긴 작품 역시 여러 상징으로 가득해 해석이 분분하다. 이처럼 보티첼리의 삶과 그가 남긴 작품의 의미를 추적해가는 일은 굉장히 흥미진진해서, 마치 댄 브라운의 소설 『다빈치 코드』 속으로 들어간 듯한 느낌을 줄 정도다.

보티첼리는 사실 별명이고 본명은 알레산드로 디 마리아노 필리페피다. 그가 별명으로 알려진 것은 술을 워낙 좋아했기 때문인데, 보티첼리가 바로 이탈리아어로 '작은 술통'이라는 뜻이다. 그는 어린 시절에 초기 르네상스 회화의 대가 프라 필리포 리피의 제자가 됐다. 리피는 화려한 치장과 힘찬 선으로 대상을 표현하기를 즐겼는데, 이러한 스승의 영향으로 보티첼리의 초기 작품에는 리피의 독특한 양식이 곳곳에 드러난다.

여기서는 보티첼리의 삶을 『메디치 가문 이야기』로 유명한 역사 저술가 G. F. 영의 분류에 따라 네 단계로 나누어 살펴보려 한다. 먼저 메디치 가문의 피에로 일 고토소가 피렌체를 다스린 시기(1464~1469년), 그다음 '위대한 자'라는 뜻의 '일 마니피코'로 불리며 피렌체의 전성기를 이끈 로렌초 데 메디치가 피렌체를 다스린 시기(1469~1492년), 그리고 괴짜 수도사 지롤라모 사보나롤라가 피렌체를 다스리던 시기(1494~1498년)와 마지막으로 사보나롤라 사후부터 보티첼리가 사망한 시기(1498~1510년)다.

피에로 일 고토소는 메디치 가문을 일으켜 세운 '국부' 코시모의 큰아들이었지만 역사적으로는 그리 주목받지 못했다. 하지만 당시 스무 살에 불과했던 보티첼리에게는 자신의 재능을 알아준 훌륭한 조력자였다. 사실 여기에는 예술적 안목이 뛰어났던 작가

지롤라모 마키에티, 「로렌초의 초상화」(피렌체 피티 궁전 소장)
로렌초는 피렌체와 메디치가의 황금기를 이끈 정치가이자 르네상스를 태동시킨
위대한 예술가들의 가장 믿음직한 후원자였다.

도메니코 기를란다이오, 「루크레치아의 초상화」 (워싱턴 국립 미술관 소장)
귀족 출신으로 부유한 은행가 가문인 피에로 데 메디치와 결혼했으며,
메디치가의 전성기를 이끌고 르네상스 문화를 꽃피우는 데 크게 기여했다.

이자 후원자이며, 빼어난 정치가였던 일 고토소의 아내 루크레치아 토르나부오니의 영향이 더 컸지만 말이다. 그래서 보티첼리의 초기 그림에는 스승인 리피만큼이나 루크레치아의 영향력도 곳곳에 묻어난다.

앞에서 보티첼리가 어린 나이에 리피의 제자가 됐다고 설명했는데, 사실 이 시기의 사제 관계에서 제자란 학생보다는 조수에 가까웠다. 그는 열여섯 살 정도였던 1460년부터 스승 밑에서 도제로 일했는데, 1464년 리피가 피렌체 북서쪽에 위치한 도시 프라토로 가서 대성당의 프레스코화를 그릴 때에도 그를 따랐다. 이 듬해인 1465년 피렌체로 돌아온 보티첼리는 일 고토소에게 고용되어 후한 대접을 받았고, 그가 죽던 1469년까지 메디치가 저택에서 일했다.

보티첼리가 위대한 화가로 칭송받는 이유는 무엇보다 아름다운 선 처리에 있다. 그는 춤 동작이나 물결치듯 흔들리는 옷감에서 나타나는 우아한 곡선을 매우 사랑했다. 그것은 마치 생동하는 우리 삶의 은유와 같았기 때문이다.

그런데 보티첼리에게는 화법보다 더 뛰어난 면이 있었다. 바로 화가로서의 태도다. 그 태도는 위대한 조각가 도나텔로가 표방했던 예술의 정신과도 관련이 있다. 「가타멜라타 기마상」과 「다비드상」(흔히 알려진 미켈란젤로의 것과는 또 다른 작품) 등을 만든 도나텔로는 예술의 궁극적인 목적을 이렇게 정의했다. "종교가 주제라면 그림 한 점으로 설교 한 편의 메시지를 전할 수 있어야 하며, 고대 신화가 주제라면 그림 한 점으로 한 시대의 정신 전체를 눈앞에 생생하게 재현할 수 있어야 한다."

보티첼리는 알레고리 기법을 좋아했고, 세세한 디테일을 통해 작품의 주제와 맥락을 암시하는 것을 즐겼다. 시적인 흥취가 넘치는 보티첼리의 상상력은 그가 가진 인간미와 공감 능력, 신앙심, 아름다운 화법과 맞물려 말로 설명하기 힘든 감흥을 불러일으킨다. 하지만 사실 그림만 봐서는 거기에 담긴 사상적 깊이를 다 읽어낼 수 없다. 그의 작품을 온전히 즐기기 위해서는 배경으로 다루고 있는 시대와 문화에 대한 충분한 지식이 필요하다. 미술 평론가 존 러스킨은 보티첼리에 대해 이렇게 말한다. "몸에 밴 세련된 매너, 학문적 깊이에 바탕을 둔 조리 있는 말투가 르네상스의 시대정신이었다. 그리고 보티첼리는 그러한 시대정신에 깊게 영향을 받은 인물이었다."

보티첼리가 일 고토소를 위해 그린 그림 가운데 현재 남아 있는 작품은 「베들레헴으로 돌아가는 유디트」, 「마그니피카트의 성모」, 「동방 박사의 경배」, 「용기」로 모두 피렌체의 우피치 미술관에 소장되어 있다. 그중에서 「베들레헴으로 돌아가는 유디트」는 구약성경 외경에 나오는 이야기를 담은 것으로, 이스라엘을 침입한 아시리아군의 장수 홀로페르네스의 목을 베고 고향으로 돌아가는 유디트를 그린 작품이다. 성모 마리아와 아기 예수를 그린 「마그니피카트의 성모」역시 라파엘로도 도달하지 못한 경지의 신적 자애를 표현했다는 평가를 받고 있다.

「동방 박사의 경배」는 제목만 들어서는 아기 예수의 탄생을 다룬 종교화로 오해할 수 있지만, 사실 이 작품의 목적은 메디치 가문의 위상을 알리는 데 있었다. 그림이 그려진 1475년 무렵 메디치 가문은 10년 전인 1466년에 일어난 피에르프란체스코와 루카 피티 등이 일으킨 반란 위기를 극복하고, 피에로 일 고토소가 권력을 굳힌 상태였다. 이에 메디치가의 가신인 가스파레 디 차노비 델 라마는 자신의 충성심을 표현하고, 피렌체에서 메디치가의 위상을 드높이고자 보티첼리에게 이 작품을 의뢰해 산타 마리아 노벨라 성당에 봉헌했다.

그림이 그려질 당시에는 이미 사망한 코시모(아기 예수를 받고 있는 인물)와 그 아들 피에로(가운데 붉은 옷을 입고 있는 인물), 조반니가 동방 박사 세 사람으로 표현되어 있으며, 피에로의 아들 로렌초(왼쪽 아래

산드로 보티첼리, 「마그니피카트의 성모」(우피치 미술관 소장)

마그니피카트란 성모 마리아의 찬가를 뜻한다. 그림에서 성모자는 왼손으로 석류를 쥐고 있는데, 이는 예수의 수난을 상징한다. 그 주변에 그려진 다섯 명은 『마태오의 복음서(마태복음)』에 나오는 슬기로운 다섯 처녀를 나타내는데, 특히 왼쪽에 있는 여성과 두 아이는 보티첼리의 후원자인 메디치가의 루크레치아와 그의 자녀 로렌초와 줄리아노를 그린 것이다.

산드로 보티첼리, 「동방 박사의 경배」(우피치 미술관 소장)

에 칼을 쥔 인물)와 줄리아노도 그려져 있다. 이밖에도 이 그림에는 재미있는 요소가 많다. 마르실리오 피치노, 크리스토포로 란디노 등 메디치가가 후원했던 문인도 여럿 등장하는데 무엇보다 오른쪽 군중 사이에서 유일하게 그림 밖 관객을 바라보는 두 사람이 인상적이다. 손으로 자신을 가리키는 중년 남성이 작품의 의뢰인 가스파레이고, 오른쪽 하단의 젊은이가 화가 보티첼리 자신의 모습이다.

이 그림의 핵심 메시지를 쥐고 있는 것은 맨 왼쪽 하단에 서 있는 로렌초다. 보티첼리는 이 그림을 통해 가문을 위기에서 건져낸 로렌초의 뛰어난 용기와 기지를 나타내고자 했다. 이 그림에서 무기를 쥔 사람은 오직 로렌초뿐인데, 그는 여차하면 휘두를 태세로 양손으로 칼을 쥐고 있다.

만인이 칭송한 미의 여신을 담아내다

•

'위대한 자' 로렌초가 피렌체를 다스리던 1469년부터 1492년까지, 즉 보티첼리 2기의 대표작은 「비너스의 탄생」, 「비너스와 마르스」, 「봄」, 「팔라스와 켄타우로스」 등이다. 이 시기인 1469년과 1475년에 메디치가는 피렌체의 청년과 숙녀가 참여하는 축제인 마상 시합을 열었다. 당시 대회에 참여한 청춘 남녀의 의상이 얼마나 화려했는지, 다음과 같은 기록이 있을 정도다. "청년은 모두 진초록 옷에 넓적다리까지 올라오는 새끼 염소 가죽 부츠를 신었고, 젊은 여성은 목까지 길게 올라오는 화려한 옷을 입고 보석과 진주로 치장했다."

1475년 당시 22세의 미청년인 줄리아노 데 메디치가 입은 갑옷을 제작하는 데에도 천문학적인 돈이 들었는데, 투구와 문장기는 특별히 화가 안드레아 델 베로키오가 신경 써서 디자인했다고 한다. 젊은 시인 안젤로 폴리치아노는 이 축제의 풍경을 「로렌초 데 메디치의 마상 시합」, 「줄리아노 데 메디치의 마상 시합」이라는 유명한 시로 읊었다. 보티첼리의 「비너스의 탄생」, 「비너스와 마르스」, 「봄」은 모두 폴리치아노의 시를 바탕으로 그린 것이다.

시인은 갓 태어난 비너스의 아름다움을 노래한다. 에게해 파도의 물거품을 타고 태어난 아름다움의 신은, 해안으로 불어온 서풍의 신 제피로스의 감미로운 숨결에 감싸인다. 이때 계절의 여신 호라이들이 기다리고 있다가 그녀를 영접하면서 별로 짠 겉옷으로 그녀의 흰 사지를 감싸주며, 그녀의 발이 밟을 풀밭에서는 꽃이 무수하게 자라난다.

시에서 묘사되는 이 아름다운 이미지는 보티첼리의 그림에서 충실하게 재현된다. 작품에서 여신은 한 손은 눈처럼 흰 가슴에, 다른 한 손은 길게 늘어뜨린 금발에 대고 있는데, 이것은 아름다움

산드로 보티첼리, 「비너스의 탄생」(우피치 미술관 소장)

과 순결을 묘사한다. 비너스는 금빛 조개 위에 올라서서 잔잔한
파도 위를 미끄러져 간다.

G. F. 영, 『메디치 가문 이야기』(이길상 옮김, 현대지성, 2017)

「비너스와 마르스」에 나오는 군신 마르스는 자세히 들여다보
면 「동방 박사의 경배」에 등장하는 줄리아노의 얼굴과 같다는 것
을 알 수 있다. 마상 시합에서 우승을 차지한 뒤, 줄리아노는 피곤
한 몸을 눕힌다. 폴리치아노는 이 장면을 자기 시에서 전쟁의 신
마르스와 아름다움의 신 비너스의 이야기로 표현하고자 했다. 비
너스가 금으로 수놓은 옷을 입고 풀밭에 잠든 마르스를 바라보는
동안 염소의 하반신을 가진 작은 사티로스들이 장난스레 그의 갑
옷을 가지고 노는 모습을 묘사했다.

그러나 보티첼리의 그림 가운데 가장 칭송받는 것은 역시 「봄」
이다. 보티첼리는 봄의 귀환을 상징하는 여러 이미지로 젊음과 기
쁨을 표현했는데, 거기에는 토스카나에 흘러넘치는 5월의 기쁨을
노래한 시의 정신이 고스란히 담겨 있다. 오렌지나무 숲을 방패
삼아 바람과 햇살을 피한 아름다움의 신 비너스가 월계수에 등을
기댄 채 토스카나에 봄이 돌아오는 것을 지켜보고 있다.

고대 그리스와 로마의 시인은 비너스를 봄과 연결시켰다. 비너
스를 섬기며 미를 관장하는 세 여신이 앞에서 춤을 추고, 월계수
에선 갖가지 봄꽃이 피어난다. 맨 왼쪽에서는 전령의 신이자 비

산드로 보티첼리, 「비너스와 마르스」(런던 국립 미술관 소장)

산드로 보티첼리, 「봄」(우피치 미술관 소장)

너스의 연인 가운데 하나인 머큐리가 지팡이를 들어 육중한 겨울 구름을 흩어버리고, 비너스의 위쪽에는 그의 자식이자 사랑의 신 큐피드가 눈을 가린 채 앞뒤 가리지 않고 아무 데나 화살을 쏘아댈 기세로 활시위를 당기고 있다. 큐피드가 눈을 가린 것은 사랑이 그만큼 맹목적이라는 뜻이다.

이 그림에도 재미있는 일화가 있다. 바로 작품에 등장하는 여인, 그리고 「비너스와 마르스」와 「비너스의 탄생」 등의 작품에 묘사되는 비너스의 모델이 모두 한 사람이라는 점이다. 앞서 언급한 마상 시합에서는 미의 여왕 선발 대회도 함께 열렸는데, 거기서 우승했던 시모네타 베스푸치가 바로 그 모델이다.

아름다운 외모와 기품을 지녔던 그는 보티첼리뿐 아니라 모든 피렌체 사람이 칭송한 살아 있는 '아름다움의 신'이었다. 폴리치아노는 "너무 매력이 넘쳐서 뭇 남성에게는 칭송을 받으며, 어떤 여성에게도 욕을 먹지 않을 사람"이라고 노래했다. 로렌초는 그가 병을 앓자 자기 주치의까지 보낼 정도였다. 그러나 신의 질투라도 받은 걸까. 병을 앓다가 사망했을 당시 그의 나이는 겨우 스물둘이었다. 로렌초는 이 소식을 듣고 몹시 안타까워하며 이렇게 말했다. "저 빛나는 별을 좀 보게나. 지금 아름다운 그의 영혼이 저 새로운 별이 되었을 거야."

교황에게 맞선 괴짜 수도승,
피렌체의 새 지도자가 되다

•

로렌초가 사망한 뒤, 피렌체 통치권은 장남인 피에트로에게 계승된다. 그러나 피에트로에게 붙은 '불행한 자'라는 별명처럼, 이후 메디치가에는 불운이 잇따른다. 가장 큰 위기는 외부에서 왔다. 프랑스 왕 샤를 8세가 나폴리 왕국을 공격하기 위해 이탈리아로 쳐들어온 것이다. 피렌체는 그의 침략 경로에 있었고, 위기에 처한 피에트로는 샤를 8세와 협상에 들어갔다.

피에트로는 전면전으로는 승산이 없다고 보았다. 유약했던 그는 결국 프랑스 왕의 요구대로 피사와 사르차나, 사르차넬로, 리파프라타, 피에트라산타 등의 요새를 내준다. 그러나 돌아온 피에트로를 기다리는 것은 시민의 분노였다. 의회가 소집되고 메디치가를 피렌체에서 영원히 추방한다는 법률이 가결되었다. 1494년 9월의 일이다. 피렌체 시민의 맹렬한 분노에 메디치가는 내쫓기듯 도망쳐야만 했고, 대저택과 값비싼 예술품을 빼앗겼다.

메디치가가 이렇게 피렌체에서 추방되었다가 1512년 다시 복귀할 때까지의 시기를 '대공위大空位 시대'라 부른다. 이때 메디치가를 대신해 피렌체를 장악한 이가 사보나롤라라는 괴짜 수도승이었다. 그는 샤를 8세와 협상해 프랑스 군을 피렌체에서 내보내고 도시 중산 계급의 지지를 바탕으로 권력을 쥐었다. 그는 예언가이자 신비주의적 수도승으로 누더기 옷을 입고 다녔으며, '허영의 불꽃'이라 불리는 행사를 자주 열었다. 그 행사에서는 '헛된 것'을 불태웠는데, 그 대상은 다름 아닌 르네상스의 귀족적이고 향락적인 문화였다.

> 시뇨리아 광장 맞은편에 피라미드형 건조물이 들어섰다. 맨 밑에는 가발과 가짜 수염, 가장무도회용 의복, 화장품 단지, 카드와 주사위, 거울과 향수, 구슬과 장신구가 놓였다. 그 윗단에는 책과 그림, 흉상과 미인의 초상화가 놓였다. 불경스러운 도둑을 막기 위해 경비병이 서 있었다. 이윽고 불길이 치솟자 성가가 터져 나왔고, 군중은 이를 따라 불렀다.
>
> G. F. 영, 『메디치 가문 이야기』(이길상 옮김, 현대지성, 2017)

그는 화려한 르네상스의 한 지점에서 시작되어, 이내 온 유럽에 불어닥칠 종교개혁이라는 뜨거운 불길을 예고하는 인물 중 하나였다. 지독한 원리주의자이자 뻣뻣한 성격의 사보나롤라는 심지어 교황에게도 맞섰다. 교황청의 죄악을 비판하고 교회 개혁을 위한 공의회를 소집하라고 촉구한 것이다. 처음에 교황 알렉산데르 6세는 지지자가 많은 그를 회유하려 했지만, 결국 뜻을 이루지 못했다. 이에 교황은 그를 처단하려 음모를 꾸몄고, 결국 여러 정치적 상황과 맞물려 사보나롤라는 몰락하고 만다.

그렇다면 이 시기 보티첼리의 처지는 어땠을까? 르네상스의 화려함을 대표하던 화가는 역설적이게도 사보나롤라의 열렬한 지지자이기도 했다. 이 시기의 그림에서는 이전까지와는 정반대로 슬픔과 정제된 감정이 도드라진다. 대표적인 작품이 「석류 열매를 든 성모와 아기 예수」다. 그림에서 아기 예수는 왼손에 막 한 입 베어 먹은 듯한 석류를 손에 들고 있고, 성모 마리아를 슬픈 표정으로 바라보면서 오른손을 들어 복을 빌고 있다.

『메디치 가문 이야기』에서 예술사가 에른스트 슈타인만은 이 작품을 보티첼리의 최고 걸작으로 평하며 이렇게 말한다. "이 그림에서 아기 예수와 성모는 자신들이 인류의 모든 슬픔을 져야 한다는 것을 너무나도 깊게 인식하고 있다. 그 어느 작품에서보다 더욱 말이다."

「석류 열매를 든 성모와 아기 예수」는 우피치 미술관에 「마그니피카트의 성모」와 마주 보는 위치에 걸려 있다. 두 그림 사이에는 30년이라는 격차가 있다. 30년 전 그린 「마그니피카트의 성모」의 기조가 겸손이라면 「석류 열매를 든 성모와 아기 예수」의 기조는 슬픔이다. 성모는 자기 무릎에 서 있는 아기를 끌어안고 있다. 아기는 어머니의 얼굴을 바라보면서 왜 그렇게 슬퍼하는지 궁금한 눈치다. 어머니의 얼굴과 태도에는 깊은 자애가 묻어나는데, 거기에는 다른 그림과 마찬가지로 슬픔이 깊게 배어 있다.

「왕좌에 앉아 있는 성모, 네 천사와 성인들」은 보티첼리가 성

산드로 보티첼리, 「석류 열매를 든 성모와 아기 예수」(우피치 미술관 소장)

바나바 수도원을 위해 그린 그림이다. 안타깝게도 곳곳에 심하게 훼손된 흔적이 있음에도 엄청난 찬사를 받는 작품이다. 특히 아기 그리스도의 얼굴 부분이 복원을 시도하다가 크게 훼손되었는데, 이를 감안해도 충분히 아름답다. 성모는 아기를 안고 부드러우면서도 슬픈 표정으로 정면을 바라보고 있다. 양편으로 두 천사가 서 있는데, 한 천사는 가시 면류관을, 다른 천사는 세 개의 못을 들고 있다. 그 옆의 다른 두 천사는 보좌의 휘장을 열어젖히고 있다. 아래쪽에는 여섯 명의 성인이 서 있는데, 성 미카엘은 힘과 아름다움, 성 세례 요한은 금욕, 성 암브로시우스는 강하고 실천적인 주교主教, 성 아우구스티누스는 신학 지식, 성 바나바는 가련하고 억눌린 자를 위로하는 헌신, 성 카테리나는 순종을 상징한다.

메디치가 시절의 화려함은 사라졌지만, 보티첼리는 이때에도 훌륭한 작품을 남겼다. 그러나 이 시기는 길지 않았다. 1498년 사보나롤라는 정권을 잡은 지 몇 년 안 되어 시민의 지지를 잃고 반대파의 음모에 휘말려 몰락하고 만다. 교황과 추기경의 부패에 맞서 경건한 삶을 추구했던 그의 가르침은 알프스 너머 북쪽 땅에 이르러서야 큰 파급력을 갖게 된다. 사보나롤라가 교수형을 당해 시신이 불태워지는 형벌을 받고 죽었다는 소식을 들은 교황은 큰 근심을 덜었다는 듯 이렇게 말했다. "성실했으되 미숙했던 자의 생애가 끝났군."

작가 시오노 나나미는 그의 마지막을 다음과 같이 묘사한다.

산드로 보티첼리, 「왕좌에 앉아 있는 성모, 네 천사와 성인들」(우피치 미술관 소장)

사보나롤라는 아무 말도 하지 않았다. 신에게 용서를 비는 말조차, 왜 자기를 버렸느냐고 신에게 하소연하는 말조차도 하지 않았다. 사보나롤라는 나직이 무언가를 중얼거리며 교수대에 매달렸다. 그것이 (그동안 사보나롤라를 지지했던) 많은 사람을 실망시켰고, 그들의 마음에서 그에 대한 믿음을 지워버렸다.

교수대 밑에 깔아놓은 장작더미에 불이 붙었다. 거기에는 미리 화약을 묻어두고 기름을 뿌렸기 때문에 불이 붙자마자 기세 좋게

타올랐다. 불길은 혀를 날름거리며 순식간에 통나무 기둥을 기어 올라가 죽은 수도사들을 핥기 시작했다. 사지가 아래로 흘러내렸다. 남은 몸뚱이마저 떨어뜨리려고 군중이 돌을 던졌다. 모두 환성을 질렀다. 떨어진 몸뚱이도 철저히 태워졌다. 신봉자의 손에 아무것도 남겨주지 않기 위해서였다.

시오노 나나미, 『신의 대리인』(김석희 옮김, 한길사, 2002)

종말론에 도취된 천재 화가의 최후

•

사보나롤라 사후부터 생을 마감할 때까지가 보티첼리의 4기다. 보티첼리의 화풍은 이번 시기에도 변화를 겪는다. 앞서 언급했던 것처럼, 메디치가에서 많은 지원을 받았던 보티첼리는 동시에 사보나롤라의 열렬한 지지자이기도 했다. 마치 화려한 르네상스 인문주의가 한편으로는 엄격하고 경건한 종교개혁의 씨앗을 품고 있었던 것처럼 말이다.

보티첼리는 사보나롤라의 몰락에 크게 낙담했다. 우피치 미술관에 있는 「아펠레스의 중상모략」은 기원전 4세기 알렉산더 대왕의 궁정화가로 활약했던 그리스 화가 아펠레스의 그림에 대한 루키아노스의 해설을 모티브로 삼은 것이다. 이 작품에 대해 슈타인만은 이렇게 말한다.

무대는 고전 양식의 국가 법정으로서 모든 종류의 예술 기법을 동원해 장식했다. 높은 아치들 틈새로 저 멀리 잠잠한 바다가 보인다. 기둥의 벽감에는 실물 크기의 대리석 인물상이 서 있고 모든 빈 공간마다 화려한 조각이 장식되어 있다. 그곳은 웅장한 르네상스 건축물로서 지혜와 공의만 존재할 것 같은 곳이고, 시인과 사상가들이 바닷가의 이 웅장한 장소를 거닐면서 새로운 지적 업적을 준비할 것만 같은 곳이다. 그런데 그 대신 우리가 목격하는 것은 두렵고 폭력적인 행위다.

G. F. 영, 『메디치 가문 이야기』(이길상 옮김, 현대지성, 2017)

1500년 말에 보티첼리가 그린 「신비의 강탄」은 현재 런던 국립 미술관에 소장되어 있다. 이 그림은 당시 피렌체의 혼란한 정황을 보여준다. 보티첼리는 자신의 그림을 다음과 같이 설명했다. "나는 이 그림을 1500년 말 이탈리아가 혼란에 빠져 있을 때, 그러니까 『요한의 묵시록(요한계시록)』 11장에서 말하는 둘째 환난이 닥쳐 마귀가 3년 반 동안 풀려나 한참 활동하는 시기에 그렸다. 그러나 묵시록 12장에 따르면 그는 머잖아 결박될 것이고, 우리는 이 그림에서처럼 그가 짓밟히는 모습을 보게 될 것이다."

「신비의 강탄」의 왼쪽과 오른쪽에는 동방 박사와 목자가 천사와 함께 무릎을 꿇고 있다. 건물 지붕 위와 공중에서는 여러 천사가 "지극히 높은 곳에서는 하느님께 영광"이란 찬송을 부르면서 기쁨에 겨워 손을 잡고 춤을 추며 올리브나무 가지와 면류관을 흔든다. 그림 맨 아래쪽에는 마귀들이 몸을 숨기기 위해 바위틈으로 기어 들어가고 있는 반면, 천사들은 자기 생명을 아끼지 않고 말씀을 전한 사보나롤라와 두 친구에게 임한다. 이 그림은 보티첼리가 얼마나 종말론에 심취해 있었는지, 또한 사보나롤라의 가르침을 얼마나 마음 깊이 새기고 있었는지를 보여준다.

이후 보티첼리는 더 이상 그림을 그릴 수 없을 정도로 점점 쇠약해졌다. 그리고 1510년에 세상을 떠나 오니산티에 있는 소교구 성당 묘지에 묻힌다.

비슷한 시기에 레오나르도 다빈치는 '제2의 밀라노 시대(1506~1513년)'를 보내며 프랑스 치하 밀라노에서 프랑스 왕 루이 12세의 궁정화가로 활약한 뒤, 1516년에는 루이 12세의 뒤를 이은 프랑수아 1세의 초청으로 앙부아즈로 옮겼다. 미켈란젤로는 1505년 교황 율리오 2세의 초대로 로마로 가서 「천지창조」 등의 작품으로 유명한 시스티나 성당의 천장 벽화를 그렸다. 그는 무려 4년 동안 발판 위에 누워서 그림을 그리느라 관절염과 근육 경련에 시달려야 했으며, 천장에서 물감이 흘러내리는 통에 눈병도 얻게 된다. 라파엘로는 1508년 교황의 초청을 받아 자신의 주 무대였던 피렌체를 떠나 로마로 갔고, 거기서 수많은 걸작을 남겼다.

2장

'빈의 카사노바'는
의외로 순정파였다?

·

클림트와 빈

세기말이라는 말에는 우울한 뉘앙스가 있다. 대부분 평생 한 번 이상 경험하기 어려워서 그런지 몰라도 왠지 먼 얘기 같고 우중충한 잿빛 하늘도 연상된다. 독자 중에는 1999년의 세기말 풍경을 기억하는 분이 꽤 있을 것 같다. 당시 우리는 무려 천 년 만에 찾아온 새로운 밀레니엄에 대한 설렘과 두려움 속에 떠들썩한 한 해를 보냈다. 뒤에서 다루게 될 노스트라다무스의 세계 종말 예언이라든지, 컴퓨터 오류와 관련된 Y2K 문제 등이 큰 화제가 되기도 했다. 그리고 마침내 12월 31일, 우리는 새로운 천 년이 오는 순간을 목격했다.

세계 여러 도시 중에서도 유독 세기말이라는 말과 잘 어울리는 도시가 있다. 내게는 오스트리아의 수도 빈이 그렇다. 물론 지금도 이곳은 충분히 화려하고 아름답지만, 그래도 런던이나 파리, 뉴욕 하면 떠오르는 생기 넘치는 이미지와는 사뭇 느낌이 다르다.

역사적으로는 빈 체제의 종말이라는 사건이 있었다. 빈 체제란 프랑스혁명(1789~1794년)과 나폴레옹 전쟁(1797~1815년)으로 완전히 달라진 유럽의 질서를 이전으로 되돌리는 협의였다. 그러나 새롭게 떠오른 자유주의와 민족주의를 억압하고 옛 질서를 지키고자 했던 이 체제는 1848년 프랑스에서 일어난 2월 혁명으로 붕괴되고 만다. 빈 체제가 무너지자 오스트리아도 큰 영향을 받았다. 국내의 소요 사태를 피해 수도를 떠나 도망쳤던 페르디난트 1세는 결국 퇴위하게 된다.

이 페르디난트 1세와 관련된 재미있는 일화가 하나 있다. 그는 지적 능력이 모자란 왕으로 유명했는데, 어느 날 여러 신하와 함께 순행에 나섰다가 비를 피해 한 농부의 집에 들르게 된다. 마침 그들은 식사로 덤플링(유럽식 만두)을 먹고 있었는데, 페르디난트 1세도 그것을 집어먹으려고 했다. 그러자 주변에서 건강을 염려하며 말렸다. 이때 그는 화를 내며 떼를 쓰듯 이렇게 말했다. "나는 황제다. 그러니까 덤플링을 먹을 거다."

제1차 세계대전(1914~1918년) 당시, 오스트리아의 여러 민족은 민족주의에 영향을 받아 독립을 희망했다. 카를 1세는 자신의 제국을 연방 국가로 만들고자 했지만, 결국 나라는 오스트리아, 헝가리, 체코슬로바키아, 유고슬라비아, 폴란드 등 여러 나라로 쪼

빈 시청 청사
1883년 프란츠 요제프 1세 시절에 세워진 신고딕 양식의 건물로
1년 내내 크고 작은 축제들이 열리는 명소다.

빈 국립 오페라 극장
파리, 밀라노의 오페라 극장과 함께 세계적 명소로 손꼽힌다. 1869년에 완공되었고,
말러, 슈트라우스, 카라얀 등이 이곳의 음악감독을 거쳤다.

개진다. 황제는 스위스로 망명했으며, 결국 의회에 의해 폐위된다. 화려한 궁전과 성당, 극장 등을 자랑하며 한때 유럽 최고의 도시로 손꼽혔던 빈에는 이제 번영했던 옛 시절의 쓸쓸한 꿈만 남게 된다.

그러나 우리가 잊지 말아야 할 점은 끝이라는 순간에는 늘 새로운 시작의 가능성도 담겨 있다는 것이다. 파괴나 반동은 구체제의 종말과 더불어 새로운 창조도 수반한다는 것이 철학자 게오르크 헤겔이 말한 정반합의 진리다. 화려한 왕족과 귀족을 대신해 빈의 주인공이 된 것은 수많은 천재와 예술가였다. 현대 물리학의 아버지 알베르트 아인슈타인과 정신분석의 창시자 지크문트 프로이트, 음악가 리하르트 바그너와 표현주의의 시조 오스카어 코코슈카, 그리고 이들과는 결이 좀 다르지만 제2차 세계대전(1939~1945년)을 일으키고 끔찍한 학살 범죄를 저지른 독재자 아돌프 히틀러 역시 세기말의 빈에서 활동한 인물이다.

그렇다면 세기말 불꽃처럼 등장한 이들의 주요 무대는 어디였을까? 바로 살롱과 카페다. 빈이라는 도시는 오늘날 우리에게도 커피라는 단어와 무척 밀접하게 느껴진다. 빈의 카페를 누비고 다녔던 수필가 알프레트 폴가는 이런 말을 남겼다. "카페란 혼자이고 싶은 사람들이 머무는 곳, 동시에 옆자리에 벗이 있어야 하는 곳이다." 이처럼 예술가와 지식인에게 살롱과 카페는 자유롭게 작품을 구상하고, 자신의 이념과 가치를 설파하며, 서로의 의견을 나눌 수 있는 최적의 장소였다.

이 책을 시작하면서 언급했듯이 빈에는 링 스트라세라는 순환도로가 있다. 여기에는 수많은 살롱과 카페가 있는데, 그중에서 가장 유명한 곳이 '카페 센트럴'이다. 지금도 다양한 종류의 커피와 디저트를 파는데, 특히 우리가 대개 비엔나커피로 알고 있는 아인슈페너가 유명하다. 한 가지 주의할 점은 이 메뉴를 주문하면서 우리나라의 '아메리카노' 같은 커피를 생각하면 안 된다는 것이다. 커피에 달콤한 크림과 과자를 올린 형태이기 때문이다.

카페 센트럴
살롱과 카페의 도시인 빈에서도 손꼽히는 명소다.

오래오래 살고 싶었던
'황금의 화가'

•

그렇다면 빈을 대표하는 최고의 예술가는 누구일까? 바로 이 도시를 빛낸 숱한 예술가 중에서도 가장 화려한 색채를 자랑하는 화가 구스타프 클림트다. 클림트는 1862년 7월 14일 빈 근처 바움가르텐에서 보헤미아 출신 귀금속 세공사인 아버지와 오페라 가수였던 어머니 사이에서 일곱 남매의 둘째로 태어났다. 아버지와 어머니의 직업에서부터 그의 작품에서 풍기는 화려한 황금빛 색채가 느껴진다. 집안은 꽤나 부유했지만 1873년부터 20여 년간 '대불황'이 유럽과 미국을 덮치자 경제적으로 크게 어려워졌다. 클림트는 이 시절을 이렇게 회고한 적이 있다. "어느 해인가는 크리스마스였는데도 집에 빵 한 조각도 없었다."

결국 그는 대학교 진학을 목표로 한 인문계 학교인 김나지움 대신, 실업계 학교인 뷔르거슐레에 진학한다. 그가 이곳에 진학한 데에는 대불황으로 가세가 기울자 가족에게 폭력을 휘두르기 시작한 아버지에게서 벗어나려는 목적도 있었다.

그렇게 학교를 졸업하고 일자리를 찾던 그에게 뜻밖의 행운이 찾아온다. 클림트의 데생 솜씨를 눈여겨본 친척의 도움으로 1876년에 빈 응용미술 학교에 입학하게 된 것이다. 1883년까지 클림트는 그곳에서 거의 모든 미술 분야를 공부할 수 있었다.

모자이크 기법이나 금속 세공법은 물론 그리스의 도자기와 이집트·바빌론의 부조까지, 온갖 종류의 예술 중에서 클림트가 특히 매료된 것은 한스 마카르트로 대표되는 역사화였다. 마카르트는 예술가의 도시 빈에서도 '예술의 연인' 또는 '빈의 우상'이라 불릴 만큼 큰 인기를 누린 인물이었다.

거대한 스케일과 섬세한 필치를 동시에 갖춘 그의 그림을 눈여겨본 클림트는 학교를 졸업할 즈음에는 이미 마카르트에 필적할 만큼 유명한 예술가가 되었다. 1883년, 클림트는 동생 에른스트 등과 쿤스틀러 콤파니(예술가 회사)를 세워 재능을 입증했다.

당시 오스트리아 황실에서는 건물을 새로 짓거나 수리할 때 내부에 그림을 그려 넣었다. 클림트는 동생 에른스트, 친구 프란츠 마치와 함께 트란실바니아의 펠레스키 왕궁, 헤름스빌라의 침실 등을 마카르트 스타일로 장식했다. 이 작업들로 명성을 얻은 클림트는 1886년에는 유럽 최대 오페라 극장 중 하나인 부르크 극장의 장식을 맡게 된다. 2년에 걸친 작업 끝에 완성된 여러 작품 가운데 특히 「옛 부르크 극장의 객석」은 세밀한 인물화로 보는 이들을 놀라게 했고, 클림트는 프란츠 요제프 1세로부터 금십자 공로상을 받게 된다.

그러나 승승장구하던 그도 큰 아픔을 겪는다. 1892년 예술적 동반자이자 사랑하고 아꼈던 동생 에른스트가 뇌출혈로 세상을 떠난 것이다. 이때의 상실감으로 클림트는 무려 3년이나 붓을 놓

구스타프 클림트, 「옛 부르크 극장의 객석」(빈 미술사 박물관 소장)
이 작품에서 클림트는 무대가 아닌 객석으로 시선을 돌렸다.
청중 하나하나를 세밀하게 묘사한 이 작품으로,
그는 불과 스물여섯의 나이에 금십자 공로상을 수상하며 명성을 얻는다.

는다. 얼마 뒤엔 애증의 대상이던 아버지마저 뇌출혈로 사망하는데, 이로 인해 클림트는 뇌출혈 공포증, 요즘으로 말하면 심각한 건강 염려증에 사로잡힌다.

1918년 1월 11일 아침, 루마니아 여행에서 돌아온 클림트는 오른쪽 반신이 마비되는 경험을 한다. 잠시 호전되는 듯하던 병세는 이내 악화되었다. 그를 덮친 것은 당시 전 세계를 휩쓸며 수천만 명의 목숨을 앗아간 스페인 독감이었다. 평소 "예순 살까지는 살고 싶다"라는 소원을 입버릇처럼 되뇌었던 그였지만, 결국 그 바람은 이루어지지 못했다. 사망할 때 그의 나이는 쉰여섯이었다.

동생과 아버지의 사망 이후, 클림트가 다시 붓을 잡은 것은 1895년의 일이다. 그러나 이때의 클림트는 과거의 자신과 결별한 상태였다. 상징주의자로 변모한 것이다. 그는 오스트리아 교육부로부터 빈대학교의 대강당을 장식해달라는 요청을 받았는데, 고민 끝에 제출한 천장 도안이 완성되었을 때 큰 논란을 불러일으킨다. 그 이유는 그의 예술 사조의 변화에 있었다. 1897년 그가 '빈 분리파' 회원으로 가입한 것 또한 그 일환인데, 여기에는 약간의 보충 설명이 필요하다.

분리파는 전통 예술 양식에 반기를 들면서, 예술가 협회나 정부가 주도하는 전시회에서 독립된 자유로운 활동을 추구했다. 그들의 사상적 기반은 문예평론가 헤르만 바르가 마련했는데, 그는 이렇게 주창했다. "우리는 삭막한 일상과 너절하고 하찮은 집착, 모든 형태의 악취미에 선전포고를 선언한다!", "오스트리아를 아름다움으로 덮어버리자. 각 세기마다 고유한 예술을, 예술에는 자유를!"

이때부터 오늘날 우리가 잘 알고 있는 클림트의 화풍이 나타난다. 앞서 언급한 것처럼 이 시기에 그는 빈대학교의 대강당 천장화 제작을 맡지만 이내 포기하고 만다. 자위행위나 성교 장면을 거침없이 그려댄 클림트의 작품이 대학교수와 시민의 반발을 산 것이다.

클림트를 둘러싼 여러 소동 중에서 가장 흥미로운 사건은 1898년에 일어났다. 그해 3월 23일에 제1회 분리주의 전시회 개회식이 열리자, 오스트리아 정부는 '적절한 선'만 넘지 않으면 정부도 지원하겠다고 약속했다. 개회식에는 황제까지 직접 참석하기로 했다. 엄청난 기회였다. 하지만 이 대회에는 문제가 하나 있었는데, 바로 클림트가 만든 포스터였다. 그는 신화에 등장하는 영웅 테세우스를 젊은 예술가의 상징으로, 그가 물리친 반인반수의 괴물 미노타우로스를 전통 예술가의 상징으로 표현한 포스터를 그렸는데, 여기서도 그만 테세우스의 성기를 적나라하게 그렸던 것이다.

황제가 분리파 예술가에게 배려를 해준 상황에서 이런 포스터를 그대로 쓴다면 자칫 큰 문제가 될 수 있었다. 위기의 순간, 클림트는 기지를 발휘한다. 테세우스의 성기에 나무를 그려 넣은 것이다. 마침내 이 포스터는 검열을 통과했고, 제1회 분리주의 전시회에는 무려 5만 7000명의 방문객이 찾아와, 218점이나 되는 작품이 팔리는 대성공을 거둔다. 빈에서 클림트의 명성은 더욱 높아졌다.

'빈의 카사노바'가 보인
의외의 순정

•

그해 빈에는 분리파 예술가가 안정적으로 활동할 수 있는 공간도 마련된다. 1902년 천재 음악가 베토벤에 대한 헌정으로 개최된 제14회 분리주의 전시회는 클림트 예술 인생에서 정점이 되는 순간이었다. 건축가 요제프 호프만이 전시실 내부 장식을 맡았고, 개막일에는 음악가 구스타프 말러가 베토벤 9번 교향곡을 편곡한 작품을 지휘했으며, 클림트 자신도 베토벤의 합창 교향곡을 모티브로 그린 벽화「베토벤 프리즈」를 선보였다. 이 작품은 이 전시회의 하이라이트였다.

벌거벗은 여인들의 고통스런 모습으로 시작되는 그림은 악마의 위협을 지나 합창하는 여인 사이에서 두 남녀가 키스하는 장면으로 끝난다. 한 영웅이 무절제한 유혹과 악마의 훼방을 물리치고 사랑하는 연인과 함께 구원받는다는 서사를 담고 있다. 그러나 당시로서는 격적인 이 작품을 사람들은 난잡한 향락과 무절제의 극치라고 맹비난했다. 이로 인해 분리파는 점점 대중의 외면을 받게 됐다.

우리가 잘 알고 있는 것처럼 클림트의 작품에는 대부분 여성이 등장한다. 그가 얼마나 여성을 사랑했는지 알려주는 대목이다. 사실 클림트는 '빈의 카사노바'라는 별명을 가지고 있었다. 평생 독신으로 살았지만, 그의 여성 편력은 예술가 중에서도 꽤나 두드러진다. 특히 자기 작품의 모델로 삼은 여성과는 꼭 육체적인 관계를 맺는다는 말이 따라다녔다. 대부분의 바람둥이가 그렇듯, 그는 여성을 사랑한 동시에 혐오했다. 그에게 여성은 성녀 아니면 요부였다.

클림트의 작품 중에서 「아델레 블로흐 바우어 부인의 초상」에 등장하는 아들러는 유대인 금융업자의 딸로서, 초상을 주문한 1897년부터 요란한 염문을 뿌렸다. 이때 아들러의 나이는 불과 열여덟이었고 클림트는 서른일곱이었다. 유부녀였던 아들러의 초상화가 완성되기까지는 무려 7년이라는 세월이 걸렸는데, 불륜관계를 유지하기 위해 지연작전을 벌인 것이라는 설이 파다했다. 그는 훗날 클림트의 대표작 중 하나인 「유디트」 연작의 모델이 되기도 한다.

클림트와 염문이 있던 여성 중에는 알마 말러도 있다. 그는 클림트 뺨치는 바람둥이로 '빈의 꽃'이라는 별명을 가지고 있었다.

1909년 알마 말러를 찍은 사진
오스카어 코코슈카는 알마를 모델로 「바람의 신부」라는 작품을 그리기도 했다.

피아니스트이자 작곡가였던 그는 구스타프 말러, 바우하우스의
창시자 발터 그로피우스, 작가 프란츠 베르펠 등과의 결혼 생활을
제외하고도, 클림트를 비롯한 무려 아홉 명의 남자를 연인으로 둔
그야말로 바람둥이 '여왕벌'이었다. 그가 쉰다섯 살 때 만난 신학
자 요하네스 홀른슈타이너는 무려 열여덟 살이나 연상이었던 자

신의 연인 때문에 추기경 자리까지 포기했다는 일화가 있다. 말러가 얼마나 매력적이었는지 알 수 있는 대목이다.

그 밖에도 훗날 「다나에」의 모델이 된 동료 화가의 딸이나 자기 아이를 둘이나 낳은 미치 짐머만과의 관계도 유명하다. 클림트는 평생 사생아를 열네 명이나 낳았다고 하는데, 그들 가운데 자기 아이로 인정한 것은 오직 짐머만에게서 낳은 구스타프와 오토뿐이었다.

앞선 이들과의 사랑이 육체적 관계였다면, 정신적 사랑을 나눈 대표 인물로는 에밀리 플뢰게가 있다. 그는 동생 에른스트의 아내 헬레네 플뢰게의 동생이었다. 클림트와는 사돈지간인 셈이다. 에른스트의 사망 이후 그의 유가족을 돌보던 클림트는 이내 에밀리와 묘한 분위기를 형성한다. 그러나 그것은 이전까지의 관계와는 달랐다. '빈의 카사노바'는 에밀리 앞에만 서면 숙맥이 되었다. 클림트는 평생 에밀리에게 400여 통의 편지를 썼는데, 어떤 날은 하루에 8통의 편지를 쓴 적도 있었다.

에밀리는 당대에 실력 있는 디자이너이자 성공한 사업가로서 수십 년간 클림트와 정신적 사랑을 나누었고, 1918년 2월 그가 죽은 뒤에는 클림트의 사생아들에게 유산을 나누어주는 일도 맡았다.

클림트는 당대에 꽤나 명성을 떨쳤음에도, 모네나 고흐, 피카소에 비해서는 뒤늦게 조명을 받았다. 빈에서 첫 회고전이 열린 것도 사후 40여 년이 지난 1960년대의 일이었다. 빈 모더니즘 예술이 지금처럼 대중적 각광을 받은 것은 그보다 훗날인 1986년 뉴욕 현대 미술관MOMA에서 열린 전시가 그 계기였다.

그런데 클림트는 왜 거센 비판을 감수하면서까지 그토록 성적 표현에 집착했을까? 사실 클림트가 살던 시대의 분위기는 그의 그림보다 훨씬 더 퇴폐적이었다. 클림트의 그림을 윤리적으로 비

1910년 에밀리 플뢰게와 구스타프 클림트가 함께 찍은 사진
에밀리는 클림트가 가장 사랑한 사람 중 하나였다.
클림트의 대표작 「키스」의 모델로도 추정된다.

판하던 이가 정작 자기 지갑을 윤락가에서 잃어버린 일화도 있었다. 미술사학자 아놀드 하우저는 이렇게 말한다. "창부娼婦는 격정의 와중에도 언제나 냉정하며 자기가 도발한 쾌락에 초연한 관객이다. 타인이 황홀한 도취에 빠질 때에도 고독과 냉담을 느낀다. 이러한 지점에서 창부는 예술가의 쌍둥이 짝이다."

클림트가 활동하던 시절 빈에는 지크문트 프로이트도 성性을 새로이 조망하며 명성을 떨쳤다. 그는 클림트의 그림이 자유를 억압하는 당시 사회 분위기를 깨부수었다며 이렇게 말했다. "클림트가 거둔 창조적인 성과에는 개인적 배경도 있겠지만, 무엇보다 성을 감추고 억압하는 사회 분위기의 영향을 받았다. 그것이 클림트라는 예술적 통로를 통해 대리 충족되어 발현된 것이다."

클림트의 대표작을 살펴보려면 쇤브룬 궁전과 함께 도시를 대표하는 명소인 벨베데레 궁전을 반드시 방문해야 한다. 1697년 오스트리아 왕가가 사들여 바로크 양식으로 건축한 이 궁전은 시원하게 트인 넓은 정원이 꽤나 인상적이다. 상궁과 하궁으로 나뉘어 있는데, 「키스」를 비롯한 클림트의 대표작은 상궁에서 감상할 수 있다.

관리인은 카메라를 든 사람에게 민감해서 감시하듯 졸졸 따라다녔다. 특히 동양인이 유독 클림트에 큰 관심을 가지고 있다는 것을 잘 아는 눈치였다. 한 안내인은 한참을 따라다니다가, 이상하게 생긴 깡통 로봇이 전시된 공간에 이르러서야 "이곳은 촬영

해도 된다"라고 선심 쓰듯 말하기도 했다. 자세히 보니 대형 수송선에 사용되는 금속 화물 적재함으로 만든 로봇인데, 클림트와는 전혀 관계없는 작품이어서 허탈했다.

벨베데레는 비교적 한적한 골목에 위치해 있다. 워낙 관광객이 많다는 이야기를 듣고 서둘렀는데도, 표를 끊고 30분쯤 지나니 중국과 일본에서 온 단체 관광객이 우르르 몰려왔다. 이곳을 들를 예정이라면 일찍 서두르는 것을 추천한다.

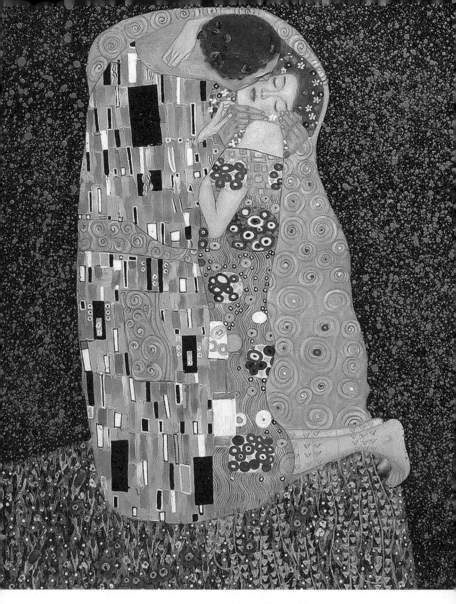

구스타프 클림트, 「키스」(벨베데레 궁전 미술관 소장)

3장

소금의 도시,
음악 천재를 팔아먹다?

·

모차르트와 잘츠부르크

오스트리아의 역사는 기원전 2세기 무렵 시작된다. 기원전 179년 켈트족이 지금의 오버외스터라이히로 몰려오기 시작하면 서부터다. 이들이 이 땅에 눈독을 들인 데에는 이유가 있다. 여기 에는 암염, 즉 소금을 채취할 수 있는 광산이 천지에 널려 있었기 때문이다. 실제로 오스트리아는 곳곳이 소금과 연관된 소금 왕국 이다. 유명 휴양지인 잘츠카머구트는 소금 창고라는 뜻이고, 수도 빈에 있는 잘츠브뤼케는 소금 다리, 잘츠토르는 소금 성문이라는 뜻이다. 어쩌면 오스트리아 음식이 유독 짠 것도 이것과 연관이 있는 걸까?

소금으로 톡톡하게 재미를 본 켈트족이 처음 왕국을 세운 곳 이 바로 잘츠부르크다. 앞선 지명을 통해 눈치를 채신 분도 있겠지만, 이 도시의 지명도 당연히 소금과 관련이 있다. 원래 '부르크 bourg'로 끝나는 지명은 중세 시대의 자치 도시를 뜻한다. 봉건 영주의 간섭을 받지 않고 자치가 허용되었다는 것은 그만큼 도시가 융성하고 강했다는 뜻인데, 독일어로 소금이 '잘츠Salz'인 점을 생각하면, 잘츠부르크는 그야말로 소금과 떼려야 뗄 수 없는 도시인 셈이다.

잘츠부르크를 기반으로 켈트족이 세운 고대 왕국의 이름은 노리쿰으로 오늘날 오스트리아에서 슬로베니아에 이르는 굉장히 넓은 영토를 지닌 강력한 왕국이었다. 14세기 이후 합스부르크 왕가의 중심지가 되었고, 유럽 여러 왕실과의 적극적인 결혼 정책을 통해 16세기에는 전성기를 맞았다. 합스부르크 왕가는 1806년 신성로마제국의 몰락 이후, 1867년 오스트리아·헝가리 제국을 세운다. 그러나 이 제국은 1914년 황태자와 황태자비가 암살당한 사라예보 사건으로 시작된 제1차 세계대전에서 패전하면서 해체되고 만다. 제2차 세계대전 직전에는 나치 독일의 히틀러(사실 오스트리아는 그의 고향이기도 하다)에게 강제로 병합되기도 했다. 그 이후에는 1955년까지 미국, 영국, 프랑스, 소련에 의해 분할통치를 받았다.

이러한 역사로 인해 독일부터 프랑스 동부, 이탈리아 북부, 중부 유럽에 이르던 방대한 영토는 현재로서는 상상도 할 수 없을 만큼 줄어들었다. 지금 오스트리아가 영세 중립국이 된 것도 자의

잘츠부르크의 전경
도시 가운데로 잘차흐강이 흐른다. 북쪽으로 독일 바이에른 지역과 인접해 있는데,
1809년 쇤브룬 조약으로 한때 바이에른 왕국의 영토가 되기도 했다.

가 아닌 타의에 의한 것이다. 이런 역사 때문일까? 개인적으로 오스트리아에 체류하는 동안 줄곧 묘한 느낌을 받았다. 지나가다 눈이라도 마주치면 어김없이 미소를 지어주는 여느 유럽인과 달리 이곳 사람들에게는 여유가 없었다. 어쩌다 시선이라도 마주치면 상대를 경계하는 눈초리에 냉랭한 표정으로 쳐다봤다. 스러진 옛 영광의 잔해를 헤아리다 마음이 차가워진 걸까? 관광지로 명성이 자자한 곳이지만, 막상 도착해보니 숨 막힐 정도로 우울한 분위기가 어깨를 짓눌렀다.

그러나 이러한 전체적인 인상과는 달리, 적어도 잘츠부르크만큼은 아직 낭만이 가득하다. 천재 음악가 볼프강 아마데우스 모차르트의 도시이기 때문일까? 잘츠부르크는 인구가 15만 명에 불과한 작은 도시다. 도시를 흐르는 잘차흐강 역시 서울의 한강에 익숙한 우리 눈에는 강이라 부르기 민망할 정도로 작다. 이 강을 중심으로 신구 시가지가 나뉜다. 도시 주변은 알프스산으로 겹겹이 둘러싸여 있고 곳곳에 요새가 있다.

이 도시에서 제일가는 명소는 호엔잘츠부르크 성이다. 연인들이 사랑을 맹세하며 자물쇠를 잔뜩 매달아놓은 마카르트 다리를 건너면 가파른 비탈길이 나오는데, 그 위에 우뚝 서 있다.

호엔잘츠부르크 성의 역사는 무려 천 년을 거슬러 올라간다. 1077년 게브하르트 대주교가 바이에른 공국을 비롯한 남부 독일 제후들의 공격을 막기 위해 잘츠부르크에서 가장 높은 곳에 세운

잘츠부르크 대성당(앞)과 호엔잘츠부르크 성(뒤)
호엔잘츠부르크 성은 적의 침입을 막기 위해 언덕 위에 견고하게 지어졌다.

요새가 바로 이 성의 시초였다. 두 차례의 세계대전 와중에도 용케 파괴되지 않고 지금의 모습을 유지하고 있다. 중부 유럽 최대 규모의 이 성은 모양보다는 기능이 강조된 건축물이다. 겉으로 보기에는 구조가 단순하지만 내부는 그야말로 미로다. 도시의 높은 곳에 위치해 시가가 한눈에 보이는데, 가장 가까운 곳에 잘츠부르크 대성당이 있다.

성을 내려와 다시 다리를 건너면, 영화 「사운드 오브 뮤직」에도 나왔던 미라벨 궁전이 있다. 정원이 아름답기로 유명한 이 궁전 안에는 모차르트가 여섯 살 때 대주교를 위해 연주를 했다는 '대리석의 방'이 있다. 이처럼 발 디딜 수 있는 모든 곳에 모차르트의 발자취가 남아 있으니, 과연 잘츠부르크는 모차르트의 도시라 해도 과언이 아니다.

죽는다는 건
더 이상 모차르트의 음악을 들을 수 없다는 뜻

•

모차르트의 아버지 레오폴트 모차르트는 잘츠부르크 궁정 관현악단의 음악감독이었다. 아버지 역시 훌륭한 음악가였지만, 자식의 재능은 차원이 달랐다. 모차르트는 고작 세 살 때부터 건반을 다루고 연주하는 법을 터득했다. 레오폴트는 아들이 천재적인

호엔잘츠부르크 성으로 가는 길목에 있는 마카르트 다리
연인에게 사랑의 징표가 필요한 것은 사람 사는 곳 어디나 마찬가지다.
영원한 사랑을 맹세하는 자물쇠가 다리에 잔뜩 걸려 있다.

아름다운 미라벨 궁전
본래 이름은 알테나우 궁전이다. 17세기에 지어진 궁전을 18세기 초 건축가 힐데브란트가
개축한 뒤 아름답다는 뜻의 미라벨 궁전으로 부르게 되었다.

재능을 보이자 그에게 피아노와 바이올린을 가르쳤다. 기록에 따르면 모차르트는 이미 다섯 살 때부터 작곡을 시작했다고 한다. 그 말이 과장이라 여겼던 이들도 모차르트의 집을 방문해 두 눈으로 신동의 재주를 보고 나서야 비로소 소문이 거짓이 아니라는 걸 깨달았다고 한다.

모차르트는 여행을 많이 다녔다. 뮌헨, 런던 등 세계 곳곳을 다녔는데, 파리를 여행하는 도중에는 어머니를 잃는 고통을 겪기도 한다. 그는 걸출한 음악가들에게 많은 영향을 받았는데, 그중 한 명이 요한 크리스티안 바흐다. 그는 런던에 찾아온 어린 모차르트에게 교향곡 작곡법을 가르쳤다.

이처럼 선배에게 지지와 사랑을 받은 모차르트는 자신의 후배에게도 이를 전했다. 1787년 어느 날, 그의 집에 한 소년이 찾아왔다. 바로 루트비히 판 베토벤이었다. 서른한 살의 모차르트는 갓 열일곱 살이 된 소년에게 반해 이렇게 말했다. "이 젊은이를 주목하십시오. 곧 세상에 이름을 널리 알릴 것입니다."

안타깝게도 둘의 관계는 베토벤의 어머니가 급작스럽게 사망하면서 고작 한 달 만에 끝나고 만다. 베토벤이 다시 빈을 찾은 것은 모차르트가 죽은 지 1년 뒤인 1793년의 일이다.

하지만 모차르트와 베토벤에 관한 극적인 일화는 사실이 아닐 가능성이 크다. 모차르트의 전기 작가 오토 얀의 일방적 주장 외에 둘의 만남을 증명할 증거나 증언이 없기도 하거니와, 당시 모차르트는 오페라 「돈 조반니」 작곡에 열중하느라 무명 소년을 만날 겨를이 없었다는 것이다. 비록 거짓이라 할지라도 무척 매력적인 이야기여서 쉽게 잊히지 않는 것 같다.

모차르트의 음악에 대해 좀 더 이야기하고 싶지만, 사실 음악 수업 때 항상 '미'만 맞았던 내가 역사상 최고의 음악 천재로 불리는 그의 작품성을 길게 논하는 것은 아무래도 과욕을 부리는 일 같다. 후대 음악가가 모차르트에게 남긴 헌사를 소개하는 것으로 그 위대한 천재성을 엿보기로 하자.

"모차르트는 자신의 천재성만큼이나 많은 지식을 지닌 유일한 음악가다." 조아치노 로시니가 모차르트에게 바친 말이다. 베토벤 또한 제자에게 이런 말을 했다고 한다. "나조차도 모차르트의 피아노 협주곡 24번 1악장만큼 대단한 선율을 생각해낼 수는 없다."

베토벤은 모차르트에게 경의를 표하는 작품도 쓴 적이 있다. 마술 피리를 주제로 한 첼로와 피아노곡이 그것이다. 차이코프스키는 모차르트를 위해 「모차르티아나」를 썼고, 말러는 죽을 때 모차르트의 이름을 불렀으며, 잘츠부르크가 낳은 명지휘자 카라얀은 "세상에 위대한 음악가는 많다. 하지만 모차르트 같은 사람은 오직 하나다"라고 말했다. 그리고 모차르트의 열렬한 팬이었던 과학자 아인슈타인은 이렇게 말했다. "죽는다는 건 더 이상 모차르트의 음악을 들을 수 없다는 뜻이다."

이처럼 천재들의 천재로 불린 모차르트였지만, 신이 그에게 허락한 이 땅 위에서의 삶은 고작 35년에 불과했다. 1791년에 세상을 떠난 천재의 운명을 아쉬워한 탓인지, 그의 죽음을 두고서도 왈가왈부가 계속되었다. 공식적인 사망 원인은 가난으로 인한 건강 악화였다. 당대 최고의 천재 음악가에게 웬 가난인가 하겠지만, 그는 생전에 굉장한 수입을 올렸음에도 평생 빈곤에 허덕였다. 돈 관리에 서툰 탓도 있었고, 사치와 도박에 빠지는 등 씀씀이가 너무 헤프기도 했다. 아무튼 급작스러운 발열과 발진으로 사망했다는 당시 기록 때문에 그의 사인을 두고, 선모충증이니 류마티스열이니 덜 익힌 돼지고기에 의한 식중독이니 말이 많았다. 전해지는 이야기에 따르면, 그가 죽던 날에는 하루 종일 비가 오고 천둥이 쳤다고 한다.

비록 남편은 요절했지만, 아내 콘스탄체는 생활력이 강했다. 각종 추모 음악회와 미발표 작품을 발표해 큰돈을 벌었고, 1809년에는 덴마크 출신 외교관 게오르크 니콜라우스 폰 니센과 재혼한다. 두 사람은 방대한 자료를 바탕으로 각각 모차르트의 전기를 남겼는데, 오늘날 우리가 모차르트의 생애를 잘 알 수 있게 된 데에는 이들의 역할이 매우 크다.

잘츠부르크는 모차르트의 도시가 될
자격이 없다?

•

잘츠부르크 대성당은 모차르트가 세례를 받은 곳이다. 묘지에는 모차르트의 누이와 '교향곡의 아버지' 프란츠 요제프 하이든도 묻혀 있다. 앞서 말한 호엔잘츠부르크 성 역시 모차르트가 어린 시절 대주교와 귀족 앞에서 연주를 하던 곳이다.

이렇게 구석구석 모차르트와 얽힌 이야기가 많은 잘츠부르크지만, 이 도시에서 그의 자취가 가장 진하게 남은 곳은 바로 게트라이데 거리다. 잘츠부르크에서도 가장 번화한 이곳 한가운데 위치한 노란색 건물이 바로 모차르트 생가인데, 그는 여기서 열일곱 살까지 살았다. 지금 이곳에는 모차르트가 사용했던 바이올린과 피아노 등이 전시되어 있다. 어릴 적 모습을 볼 수 있는 초상화와 음악 악보 원본도 전시되어 있으며, 2층에는 오페라 작품과 관련된 자료가, 3층과 4층에는 그와 가족이 살았던 당시 생활상을 엿볼 수 있는 공간이 마련되어 있다.

생가 맞은편에 있는 골목으로 들어가면 앞서 언급한 미라벨 궁전과 정원이 나온다. 바로크 양식의 궁전은 1606년 당시 잘츠부르크의 지배자였던 볼프디트리히 대주교가 자신의 연인을 위해 지었다고 한다. 정원은 1690년 바로크 건축의 대가인 요한 베른하르트 피셔 폰 에를라흐가 조성했는데 유럽 정원 문화의 최고 걸

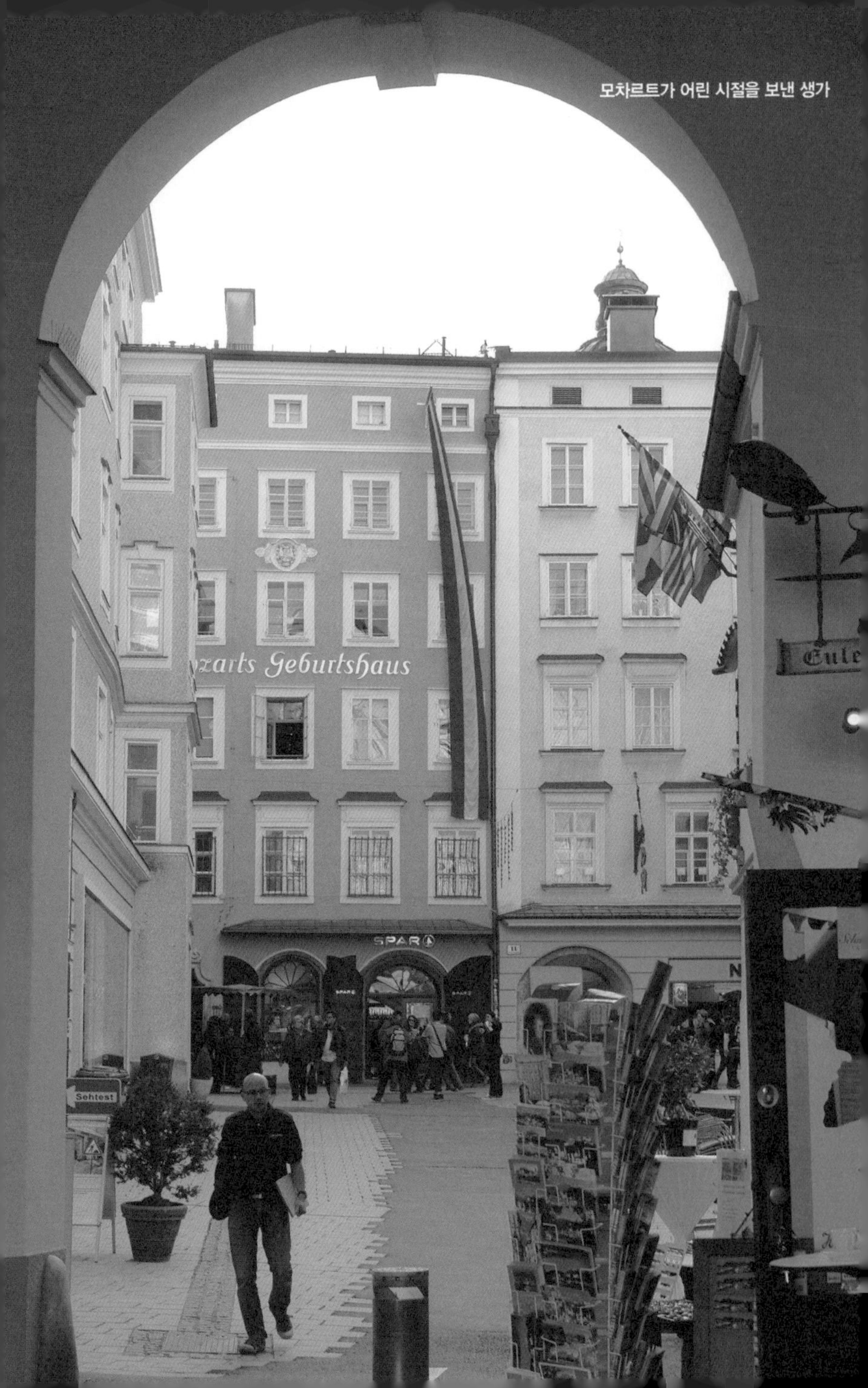

모차르트가 어린 시절을 보낸 생가

작으로 손꼽힌다. 영화 「사운드 오브 뮤직」에서 마리아와 아이들이 그 유명한 '도레미 송'을 부른 곳이기도 하다. 도레미 송은 호엔잘츠부르크 성의 성벽 계단에서 시작해 미라벨 정원 계단에서 끝난다.

계속해서 모차르트와 영화 이야기를 하게 되는데, 실제로 잘츠부르크 여행은 모차르트에서 시작해 「사운드 오브 뮤직」으로 끝난다는 말이 있다. 독일 뮌헨 남부에 위치한 알프스 최고봉에 갔을 때에도 정상 너머로 잘츠부르크가 보이자 가이드가 영화 이야기를 꺼냈다. 어떤 이들은 가게의 초콜릿, 연필통이나 싸구려 장식에까지 모차르트를 써먹는 잘츠부르크의 상술을 비난하기도 한다. 심지어 잘츠부르크는 모차르트를 기념할 자격도 없다는 사람도 있다. 모차르트가 살아 있을 때 신경도 쓰지 않았고, 그가 비참하게 죽어갈 때도 기억하지 않았다는 것이다.

그러면 잘츠부르크 사람들은 우리만 그러는 게 아니라며, 인근 프라하가 자기보다 훨씬 더하다고 말한다. 그들이 갑자기 체코 프라하에 화살을 돌리는 건 왜일까? 그 이유는 모차르트의 생애에서 찾아볼 수 있다. 그는 생의 대부분을 빈 궁정에서 보냈지만, 서른한 살 때인 1787년 건강이 나빠지자 프라하로 요양을 떠났다. 그리고 이로 인해 프라하 역시 오늘날까지 '모차르트 특수'를 톡톡히 누리게 되었다.

프라하 시민들은 위대한 음악가를 극진히 대접했다. 특히 노

모차르트가 그려진 초콜릿 껍데기

스티츠 백작은 모차르트가 프라하로 온 것이 가문의 영광이라며 많은 돈을 그에게 후원했다. 온 도시가 보내는 열띤 성원에 모차르트는 오페라 「돈 조반니」를 작곡해 그들에게 바쳤다. 오페라는 1787년 10월 29일 스타보브스케 극장에서 초연되었고, 이후 프라하는 '돈 조반니의 도시'라는 별칭을 얻는다.

프라하 시민들은 모차르트에게 감사의 표시로 얼굴 없는 유령 동상을 바쳤는데, 너무 무거운 나머지 진품은 스타보브스케 극장 앞에 두고 대신 모조품을 만들어 빈으로 보냈다. 이 모조품 청동상이 2장에서 이야기했던 카페 센트럴 앞에 서 있는 흰색 동상이다. 프라하 사람들은 명분도 얻고 청동상도 고스란히 보유하는 실리도 챙긴 것이다.

스타보브스케 극장은 모차르트와 살리에리를 라이벌로 그린 영화 「아마데우스」의 촬영 장소로도 유명하다. 이 영화는 1984년

모차르트 동상을 연기하고 있는 잘츠부르크 거리의 행위 예술가

에 아카데미상을 여덟 개나 받는데, 체코 출신 감독 밀로스 포먼이 이 영화를 촬영한 곳도 빈이 아닌 프라하다. 스타보브스케 극장은 연간 공연의 대부분을 모차르트의 오페라 「돈 조반니」로 채우고 있다. 이쯤 되면 모차르트를 너무 지독하게 팔아먹는다며 비

난을 받는 잘츠부르크도 '왜 우리만 가지고 그러느냐'며 억울해할
수도 있겠다는 생각이 든다.

4장

태양의 화가와 종말의 예언가의
공통점은?

·

고흐 · 노스트라다무스와 프로방스

프랑스 프로방스의 광활한 대지 곳곳에는 크고 작은 마을들이 보석처럼 박혀 빛나고 있다. 프로방스라는 이름은 우리나라에서는 한 문학 작품을 통해서 잘 알려졌는데, 바로 뤼브롱산을 배경으로 한 양치기 소년의 사랑을 그린 알퐁스 도데의 단편 소설 「별」이다.

프로방스라는 말은 속주屬州라는 뜻의 라틴어 '프로빈키아'에서 나왔다. 갈리아 땅을 지배한 로마인은 자신들의 수많은 해외 식민지 중에서도 진정한 속주는 오직 프로방스뿐이라고 여겼다. 이 땅 한복판을 가르는 론강은 지중해로 흘러들어 땅의 젖줄 노릇을 했는데, 바로 그 경관을 바라보며 로마인은 자신의 고향을 떠올렸던 것이다.

그렇게 개발된 도시가 바로 프로방스와 지중해의 접점에 위치한 마르세유다. 아를, 아비뇽, 니스, 칸 같은 프로방스의 중심 도시도 그렇게 태어났다. 그런데 지금으로부터 130여 년 전, 프로방스에 몸을 의탁한 불우한 천재 예술가가 있었다. 바로 '태양의 화가' 빈센트 반 고흐다.

고흐의 생애에서 절대 빼놓을 수 없는 장소가 네 군데 있다. 그가 태어나 유년기를 보낸 네덜란드의 쥔더르트, 틸뷔르흐, 도트레흐트, 헤이그 등과(1853~1886년) 프랑스의 파리(1886년), 프로방스(1886~1889년), 오베르쉬르우아즈(1889~1890년)다. 특히 고흐의 대표작은 주로 프로방스의 아를과 생 레미 드 프로방스, 그리고 파리에서 30분 거리에 있는 오베르쉬르우아즈에서 그려졌다. 이 중에서 아를은 아비뇽, 엑상 프로방스 세 지역의 삼각형 꼭짓점에 위치한 도시로, 로마 시대 때 개척된 식민 도시답게 원형 경기장을 비롯한 유적이 많아 '작은 로마'로 불린다. 아를에서 고흐가 그린 작품은 「아를의 침실」, 「노란 집」, 「해바라기」, 「랑글루아 다리」, 「작가의 초상」, 「붓꽃이 있는 아를 풍경」, 「꽃이 핀 과수원」, 「수확하는 사람」이다.

고흐가 살았던 노란 집은 지금은 없어져서 그 모습을 찾을 길이 없다. 다만 그가 즐겨 찾던 카페가 원형 경기장이 있는 언덕 아래 아를의 최고 번화가인 포럼 광장 한 귀퉁이에 있다. 다른 카페와 달리 샛노란 차양과 벽에 칠한 페인트 색이 특징적인 곳이다. 아침보다는 황혼이 질 무렵이 더 아름다운 곳인데, 언제나 세계 곳곳에서 찾아온 사람들로 붐빈다. 그러나 다들 음식을 먹거나 차를 마시지는 않고 카메라 셔터만 눌러대고 떠날 뿐이어서 연신 화를 삭이는 주인의 모습을 볼 수 있다.

프로방스의 태양빛에 미치다

·

포럼 광장에서 멀지 않은 곳에 론강이 있고, 이 강을 따라가면 고흐가 자주 찾던 아비뇽이 나온다. 밤에 론강을 바라보며 그린 작품이 바로 고흐의 대표작 「별이 빛나는 밤」이다.

아를에 머물던 시기, 고흐는 예술가로서는 꽃을 피우지만 동시에 정신병도 얻게 된다. 가장 대표적인 사건이 함께 생활하던 고갱과 큰 다툼을 벌인 끝에 자기 귀를 잘라버린 일이다. 그는 대체 왜 이런 소동을 벌인 걸까? 여러 가지 추측이 많지만, 개인적으로는 이 일대를 여행하면서 짐작한 원인이 있다. 바로 프랑스의 태양빛이다. 너무나도 매섭고 찬란한 그 빛이, 남보다 훨씬 예민한 감각을 지닌 예술가의 모든 세포를 일깨웠고, 결국 제정신으로는 도저히 견딜 수 없게 만든 게 아닐까.

1889년 5월 8일, 고흐는 간병인과 함께 아를에서 32킬로미터 떨어져 있는 생 레미 드 프로방스로 옮겨 간다. 정신병원에 입원

빈센트 반 고흐, 「별이 빛나는 밤」(뉴욕 현대 미술관 소장)
고흐의 대표작 가운데 하나로, 밤하늘에 빛나는 달과 별,
왼쪽에 위치한 커다란 사이프러스 나무가 굉장히 인상적이다.

하기 위해서였다. 생 폴 무솔 정신병원은 주변이 무척 고요한 목가적인 작은 마을에 위치해 있었다. 발작은 한 번 일어나면 두세 달씩 계속되었고, 그곳에서 고흐는 점점 더 내면 깊숙이 침잠하기 시작했다.

프로방스를 여행하기로 마음먹을 때부터, 나는 고흐가 입원했던 병원에 꼭 들르겠다고 결심했다. 그러나 생 레미 드 프로방스 도로 곳곳에 '빈센트'라 쓰인 장소가 많았음에도, 정작 그가 입원했던 정신병원을 찾기가 쉽지 않았다. 병원이 있는 마을의 규모가 그리 크지 않아 눈에 잘 띄지 않았고, 자동차 내비게이션도 자꾸 엉뚱한 곳으로 안내했다. 한적한 마을 뒤편 주차장에서 한 친절한 프랑스인 부부를 불러 세워 길을 묻고서야, 마침내 그곳의 위치를 알 수 있었다.

고흐가 자신의 요동치는 감정을 고스란히 화폭에 담아냈던 장소인 생 폴 무솔 정신병원은 현재 웬만한 관광지보다 더 많은 사람이 찾는 곳이 되었다. 양편으로 늘어선 올리브나무를 지나면 흰색 건물이 나온다. 이 병원의 역사는 12세기 수도원에서부터 시작되었다는데, 보는 즉시 고개를 끄덕이게 되는 분위기다. 여기서 머무는 동안 고흐는 하루에 한 번 짧은 산책을 했고, 병실로 돌아와 산책 때 보았던 풍경을 그림으로 옮겼다.

정신병원 입구에서 7유로를 내고 들어가면, 마치 고흐가 살아생전 울부짖었던 것처럼 고뇌하는 표정이 역력한 청동 동상이 나

생 폴 무솔 정신병원의 중정 화단

이곳에 입원해 있던 시절, 고흐의 산책로에는 이 화단도 포함되었을 것이다.

온다. 그 뒤로 병원 문을 열면 가운데 사각형 중정의 화단에 햇살이 비추어 어두컴컴한 회랑과 극명한 대비를 이룬다. 2층으로 올라가면 고흐가 묵었던 방이 보인다.

형을 위해 테오는 방을 두 개 빌렸다. 고흐는 2층 방은 침실로 1층 방은 작업실로 썼다. 테오는 병원장에게 형이 식사 때마다 꼭 와인 한 잔씩을 마실 수 있도록 해달라는 편지도 썼다. 당시에 정신병원에 근무하던 이들은 훗날 이 네덜란드 출신의 광인 화가로 인해 병원이 돈방석에 앉으리라고는 상상도 못 했을 것이다.

입원 초만 해도 병원에서의 규칙적인 생활이 치료에 도움을 주었으나, 이내 병세가 다시 악화되었다. 이때 병원이 해준 것이라고는 일주일에 두 차례 찬물 목욕을 시켜주는 것뿐이었다. 결국 고흐는 테오에게 부탁해 파리 근교에 있는 시골 마을인 오베르쉬르우아즈로 거처를 옮긴다. 그곳에는 폴 세잔, 카미유 피사로 등 유명 화가의 정신 상담가로 유명했던 폴 가셰 박사가 있었기 때문이다.

답답했던 생 레미 드 프로방스를 떠나 오베르쉬르우아즈로 갈 날만을 기다리던 고흐는 잠시나마 희망을 가지고 행복해했을까. 이때 그가 느꼈을 감정을 잘 보여주는 것이 바로 돈 맥클린의 노래 「빈센트」가 아닐까 한다. 여느 시 못지않게 아름다운 이 노래 가사 일부를 소개하는 것으로 고흐와 프로방스의 인연을 마무리하자.

별이 빛나는 밤

팔레트를 푸른색과 회색으로 칠해요.

여름날 바깥을 내다봐요.

내 영혼의 어둠을 아는 그런 눈으로.

(……)

사람들이 당신을 사랑할 순 없었지만

그래도 당신의 사랑은 늘 진실했죠.

아무런 희망도 보이지 않을 때,

그 별이 빛나는 밤에.

연인들이 종종 그러듯 당신은 스스로 세상을 등졌죠.

하지만 빈센트, 내가 말해줄 수 있었을 텐데요.

이 세상은 당신처럼 아름다운 사람이 살 곳이 못 된다는 걸.

별이 빛나는 밤

빈 방에 초상화들이 걸려 있죠.

이름 없는 벽에 액자도 없이 걸려 있네요.

세상을 바라보고 절대로 잊지 않는 눈으로 말이에요.

생 레미 일대에 만발한 해바라기
해바라기는 태양의 도시인 프로방스를 대표하는 꽃이자 고흐가 사랑했던 꽃이다.

촉망받던 의사,
가족을 잃고 예언가가 되다

●

생 폴 무술 정신병원에서 2킬로미터 정도 떨어진 거리에 생 레미 드 프로방스의 중심가가 있다. 프랑스 마을의 한복판에는 항상 회전목마가 있다. 왜 그런지는 모르겠지만, 늘 그렇게 번화가의 중심에는 회전목마가 돌아가고 있다.

회전목마가 도는 거리 뒷골목에는 지금도 세계 곳곳의 운명론자를 설레게 하는 대예언가가 태어난 집이 있다. 그 주인공은 바로 노스트라다무스다. 그런데 지난 밀레니엄을 앞두고 세계적으로 명성을 떨친 예언가에 대한 관심도 이제는 많이 사라진 건지 동네 청년들은 그의 이름을 잘 모른다. 나이 지긋한 노인에게 물어야 "아!" 하며 알은체를 해준다.

노스트라다무스 생가에는 외국인이 더 많다. 단체 관광을 온 이들이 해설사의 말에 열심히 귀 기울이는 모습을 볼 수 있다. 아이스크림 가게, 기념품 가게 등이 즐비한 번화가 골목 바로 안쪽인데도 왠지 모를 음험한 분위기가 느껴진다. 일부러 그렇게 연출한 것도 아닐 텐데 말이다.

노스트라다무스는 예언가로 잘 알려져 있지만, 본래는 천문학자이자 의사였다. 그의 이름은 라틴어로 '성모의 대변자'라는 뜻인데, 본명은 미셸 드 노스트르담이다. 그러고 보면 얼마 전 비극

생 레미의 중심가
커다란 나무 뒤로 회전목마가 보인다.

적인 화재 사건이 있었던 노트르담 대성당의 그 '노트르담'이 바로 노스트라다무스의 본명인 노스트르담과 같은 의미란 것도 호사가에겐 꽤나 의미심장한 일일 수 있겠다.

노스트라다무스는 1503년 12월 14일, 생 레미 드 프로방스에서 태어났다. 유대인 집안으로 할아버지는 의사였고 아버지는 세무공무원이었다. 사형제의 장남으로, 둘째는 프로방스 지방의회의 의장이 될 정도로 번듯한 집안이었다. 노스트라다무스 역시 1522년 몽펠리에대학교에 진학한 뒤 의사가 되었고, 페스트 치료로 명성을 얻었다. 그의 재능은 아주 어릴 때부터 두드러졌다고 한다. 어린 손주의 교육은 할아버지가 손수 맡았고, 라틴어, 그리스어, 히브리어, 수학, 점성학 등을 가르쳤다.

이미 이때부터 노스트라다무스는 점성학에 뛰어난 재능을 보이기 시작한다. 사실 점성학은 그와 동료 친구들의 주요한 토론 주제이기도 했다. 흔히 점성학이라고 하면 신비주의적 경향만을 떠올리기 쉽다. 하지만 이때의 점성학은 천문학의 성격이 강해서, 전기에 따르면 노스트라다무스는 자신의 점성학 지식을 토대로 지구가 태양 주위를 돌고 있다는 코페르니쿠스 이론까지 믿을 정도였다고 한다.

노스트라다무스의 가문은 유대인 집안이었지만, 일찍이 가톨릭으로 개종한 상태였다. 그들은 자식이 유대인이라고 비난을 받을까 봐 걱정했고, 그를 고향에서 멀리 떨어진 의대로 진학시킨

노스트라다무스 생가로 가는 골목길

것도 그런 우려 때문이었다. 노스트라다무스는 대학에서 의술을 공부한 뒤, 시골로 내려가 페스트 환자를 치료하기 시작한다. 4년간이나 페스트 치료에 전념한 뒤 학위를 받기 위해 대학으로 돌아간다. 당시 노스트라다무스는 자신의 치료법이 사람들에게 이단으로 치부되어 마음고생이 심했다고 하는데, 이는 그만큼 그의 의술이 우수했다는 증거이기도 했다.

노스트라다무스의 능력만큼은 누구도 의심하지 않았고, 무난히 학위를 취득한다. 그는 대학에서 1년간 교수 생활을 했지만 새로운 이론, 즉 주사를 놓은 뒤에는 환자가 피를 흘리지 않도록 한다든지 하는 방법이 문제가 되었다. 주위 사람들은 그의 능력을 믿는다고 했지만, 한편으론 '유대인의 피'에 대한 의심까지 완전히 거두지는 않았다.

노스트라다무스는 1534년 마르세유 인근에 있는 아장에 정착하고 결혼까지 한다. 부부 사이에는 남매가 태어났지만, 안타깝게도 행복은 길지 않았다. 1537년, 이번에는 페스트가 노스트라다무스를 급습한 것이다. 온 유럽을 휩쓸던 페스트가 결국 아장에까지 번졌고, 이 무서운 전염병은 그의 아내와 두 아이를 앗아갔다. 불행한 일이 이어졌고, 이후 10년 가까운 시간 동안 그의 행적은 묘연해진다.

그는 1546년 남부 프랑스의 페스트를 치료하면서 다시 세상에 나타난다. 살롱 드 프로방스에 정착해 재혼하고 자녀까지 두며 생활한다. 마침내 안정을 찾은 이 시기에 노스트라다무스는 여러 곳을 여행하면서 예언 능력을 발휘하기 시작한다. 1550년 무렵부터 발간한 '예언 달력'이 꽤나 신통하게 적중한 것이다. 그리고 마침내 1555년에 노스트라다무스는 당시부터 세계의 종말까지의 예언을 담은 책의 초본을 완성한다.

그의 예언서에 담긴 시구는 뜻을 이해하기 어려운 데다가 프랑스어와 프로방스 방언, 이탈리아어, 그리스어, 라틴어가 섞여 더욱 난해했다. 그는 마법사로 오해를 받는 것을 피하기 위해 사건이 일어나는 시기를 혼란스럽게 기술했다. 정작 그 사건이 진짜 일어나기 전까지 아무도 알아채지 못하게 쓴 것이다.

그가 쓴 예언서는 이내 전국적인 화제가 되었고, 그의 이름은 프랑스 왕비 카트린 드 메디시스의 귀에까지 들릴 정도였다. 1556년, 왕비는 '스타 작가'가 된 노스트라다무스를 왕궁으로 불렀다. 주된 질문은 자신과 남편 앙리 2세의 운명 관한 것이었다. 그리고 여기서 그의 명성이 드높아지는 사건이 발생한다. 1559년, 앙리 2세는 마상 시합에서 얻은 부상으로 갑작스럽게 세상을 떠나는데, 이것이 노스트라다무스가 남긴 다음 예언과 일치했던 것이다.

젊은 사자가 늙은 사자를 무찌른다.
벌판에서의 한 번의 격돌로.

세자르 노스트라다무스, 「노스트라다무스의 초상화」(베르사유 궁전 트리아농 궁 소장)
아들 세자르가 그린 노스트라다무스의 초상화.

황금 우리 안에 있는 눈을 찌르니,

일격에 난 두 개의 상처로 비참하게 죽으리라.

왕비는 다급하게 그를 불러 자신의 일곱 아이의 운명에 대해
물었다. 노스트라다무스는 왕비에게 사내아이가 모두 왕이 될 것
이라고 말했지만, 사실 이미 자신의 예언서에 그들의 비극적 운명

을 썼다는 사실은 밝히지 않았다. 세 아들은 모두 왕이 되긴 하였으나 요절하거나 암살되었고, 결국 발루아 왕조는 대가 끊긴다.

이처럼 파리에서 명성을 쌓으며 승승장구하던 노스트라다무스는 "파리의 정의가 위협받고 있다"라는 교회의 비판에 직면하자 급히 살롱 드 프로방스로 돌아간다. 이때부터 그는 통풍과 관절염을 앓기 시작한다. 자신을 찾아온 많은 저명인사에게 예언을 남기기도 하고 예언서도 마무리 지으며 생활하다가, 1566년 7월에 세상을 떠난다. 사망 당시 다른 재산을 제외하고도 금화만 무려 3444개를 소유하고 있었다고 한다.

그는 죽을 때도 재미있는 일화를 남겼다. 세상을 뜨기 전 노스트라다무스는 마지막 의식을 행하러 지역 수도원장을 찾아갔고, 수도원장이 그날 밤 돌아가려 하자 이런 예언을 남겼다고 한다. "원장님은 다시는 살아 있는 저를 볼 수 없을 겁니다." 이 예언은 그대로 이루어졌고, 그는 살롱 드 프로방스 교회의 벽에 똑바로 선 채로 묻힌다.

생 레미 드 프로방스와 가까운 살롱 드 프로방스 지역은 한때 '미래를 비추는 거울'이라고도 불렸다. 노스트라다무스가 이곳에 머물면서 남긴 예언들이 적중했기 때문이다. 오늘날 그가 예언한 것으로 알려진 사건은 프랑스혁명과 나폴레옹의 출현과 집권, 세계대전, 아돌프 히틀러의 출현, 인류의 달 착륙과 9·11테러 사태 등이다.

노스트라다무스의 예언을 해석하는 방식은, 예를 들면 그의 예언서에 'HISTER'라는 단어가 있어서 그 순서만 바꾸면 철자 하나만 틀린 '히틀러'가 되며, "치욕스런 왕이 세워지면 황금시대가 막을 내린다"라는 4행시도 히틀러를 예언한 것이라는 식이다.

9·11테러를 예언했다는 주장도 있다. "1999년 일곱 번째 달에 하늘에서 공포의 대왕이 내려온다"라는 예언을 해석한 주장으로, 언뜻 7월과 9월로 차이가 있는 것 같지만 노스트라다무스 시대의 율리우스력은 일곱 번째 달이 9월이므로 딱 맞아떨어진다는 것이다. '1999'라는 숫자도 순서를 바꾸면 9-11-1이 되고, '공포의 대왕'도 오사마 빈 라덴을 의미한다.

그러나 사실 이러한 예언은 귀에 걸면 귀걸이, 코에 걸면 코걸이인 경우가 많아서 곧이곧대로 믿을 수는 없다. 앞서 언급한 '1999년 일곱 번째 달'의 예언은 노스트라다무스의 예언 중에서도 가장 유명한 것으로, 사실 9·11테러보다 2년 앞선 1999년에 이미 세계 멸망에 관한 예언으로 알려진 것이었다. 2장에서 살펴본 것처럼 1999년이 되자 전 세계적으로 밀레니엄 공포가 확산된다. 게다가 이때 북대서양조약기구NATO가 코소보 지역 알바니아계 주민 학살의 책임을 물으며 유고슬라비아를 공격한 '코소보 전쟁'이 발발하자, 드디어 노스트라다무스가 예언한 멸망의 때가 왔다며 큰 화제가 되었다. 하지만 1999년 7월에 온다던 종말은 결국 오지 않았다. 물론 정확하게 말하면 그의 예언서에는 '1999

년 일곱 번째 달'이라고 적혀 있지는 않고, 단지 "1900, 90의 9년, 7의 달"이라고만 언급되었을 뿐이지만.

1555년 처음 출간된 이래, 노스트라다무스의 예언록은 지금까지도 끊임없이 사람들의 호기심을 끌고 있다. 그가 남겼다는 종말의 예언은 1999년 7월 이후에도 사라지지 않았고, 9·11테러처럼 또 다른 해석으로 옮겨 갔다. 물론 노스트라다무스의 전문가 피터 르미서리어는 "노스트라다무스의 시는 어떤 의미로든 해석이 가능하다. 거의 신빙성이 없다"라며, 그가 남겼다는 예언에 굉장히 회의적이다. 그러나 노스트라다무스의 예언은 거의 500년에 가까운 시간이 지난 오늘날까지도 힘을 잃지 않고 남아 있다. 그의 예언은 알 수 없는 미래를 궁금해하는 인간의 본능이 남아 있는 한 앞으로도 쉽게 사라지지 않을 것이다. 아니, 어쩌면 우리는 어지럽고 혼란스러운 이 세상의 수많은 일들을 그의 예언서에 대입시킴으로써 조금이나마 위안을 삼는 것인지도 모르겠다.

2부

사랑과 낭만의
문장 사이를

산책하다

5장

어린 왕자의 가시 돋친 장미는
실존 인물이었다?

·

생텍쥐페리와 리옹

"사막이 아름다운 이유는 어딘가에 샘을 숨기고 있기 때문이다."

낯선 곳으로 여행을 떠날 때마다 마음속으로 이 문장을 되새기곤 한다. 앙투안 드 생텍쥐페리의 『어린 왕자』에 나오는 구절인데, 어릴 때보다 나이가 들어서 읽을 때 더 큰 감동을 준다. 이 책은 첫 부분에서 어른을 위한 동화라는 점을 밝히고 있는데, 정말 그렇다.

생텍쥐페리 하면 그의 고향 리옹과 떼놓을 수 없다. 리옹은 프랑스 한복판에 있는 도시로 개인적으로는 '비의 도시'라는 느낌이 있다. 영국 유학 시절, 도버 해협을 건너 프랑스를 여행하거나, 또 프로방스와 파리 등지를 여행하고 다시 영국으로 돌아갈 때마다

이 도시를 지났는데, 그때마다 비가 왔기 때문이다. 천지를 진동하듯 대지를 난타하는 폭우가 아니라 부슬부슬 물안개처럼 내리며 도시를 조용히 감싸는 비다.

처음 리옹을 찾았을 때에도 그랬다. 길을 걷다가 갑자기 내린 비를 피해 론강 서쪽에 위치한 벨쿠르 광장 한구석에 서 있었다. 인적 드문 광장에서 눈길이 닿은 것은 커다란 기마상이었다. 절대 왕권을 자랑하던 '태양왕' 루이 14세의 동상이었다. 그런데 이상하게도 그 커다란 기마상보다 반대쪽 끄트머리에 위치한 작은 회색 동상에 자꾸 더 시선이 갔다.

그 동상의 좌대 위에는 두 사람이 있는데, 앞쪽에는 조종사 차림의 사내가 앉아 있었고, 뒤쪽에는 한 어린아이가 서 있었다. 자세히 보니 어린 왕자와 생텍쥐페리의 모습이었다. 동상에는 다음과 같은 문구가 새겨져 있었다.

1900년 6월 29일 리옹에서 태어나, 1944년 7월 31일 프랑스를 위해 사망.
"내가 죽은 것처럼 보이겠지만 그게 아니에요."

마지막 문장이 왠지 눈에 익어 어디서 나온 구절일까 생각해보니, 어린 왕자와 조종사가 헤어지기 전에 나눈 대화였다. 고향 별로 돌아가기 직전, 어린 왕자는 자신을 찾아온 조종사에게 다음과

론강이 흐르는 리옹의 풍경
이탈리아와 스위스 국경 알프스 론 빙하에서 발원한 이 강은
프랑스 남동부를 굽이굽이 적신 뒤 지중해로 빠져나간다.

벨쿠르 광장에 있는 어린 왕자와 생텍쥐페리의 동상

같이 말한다.

"아저씨는 잘못한 거야. 마음이 아플 거야. 내가 죽는 것처럼 보이겠지만 정말 그런 건 아니야."

『어린 왕자』의 이 문장을 썼을 때, 어쩌면 생텍쥐페리는 자신의 운명도 직감한 걸까?

창공에 매료된
귀족 소년의 꿈

·

『어린 왕자』에 나오는 모자 그림 이야기는 우리에게도 잘 알려져 있다. 소년이 그린 그림을 본 어른은 하나같이 그것이 모자 그림이라고 말한다. 그런데 소년은 모자가 아니라 코끼리를 삼킨 보아 뱀이라고 한다. 눈으로 보이는 것만이 진실이 아니라는 것은 어른보다 아이가 더 잘 안다. "어른들은 혼자서는 아무것도 이해하지 못해. 언제나 설명을 해줘야 한다는 건, 어린이에겐 참 힘든 일이야."

두 번째 장면에서 조종사인 주인공은 6년 전 사하라 사막에 불시착했던 일을 회상한다. 그가 불시착했던 사막은 어디일까? 바로 아프리카 모로코 남서부 타르파야 근처에 있는 사막이다. 그곳에는 지금도 비행기 모형과 어린 왕자 박물관이 있다. 황량한 모래벌판 한가운데에 있는 박물관은 마치 신기루처럼 보인다.

어린 왕자와 생텍쥐페리의 동상을 보면서 상념에 잠겨 있다가 모로코 타르파야까지는 못 가더라도 근처에 있는 생텍쥐페리 생가는 들러야겠다는 생각이 들었다. 조급해진 마음에 크루아상을 한입 베어 물고 길을 나섰다. 동상에서 쭉 뻗은 '앙투안 생텍쥐페리'라는 이름의 길을 따라 걷는데 어디인지 도통 찾을 수 없었다. 사람들은 하나같이 "저기 어디쯤"에 있다고 말하는데, 몇 번이나 같은 길을 빙빙 돌았다. 그렇게 한참 고생한 끝에 마침내 생가를 발견했는데, 왜 헤맸는지 이유를 알게 되었다. 공사 중이어서 건물 전체에 가림막을 쳐놓았던 것이다. 허탈한 기분이 들었지만 도리가 없었다.

어린 왕자와 생텍쥐페리가 그려진 리옹의 건물 벽화

　생텍쥐페리 생가에서 다시 광장을 가로질러 다리를 건너면 그
유명한 「리옹의 사람들」 벽화가 나온다. 리옹이 낳은 유명인을 건
물 한쪽 벽에 그려놨는데 오른쪽 2층 발코니에 어린 왕자와 생텍
쥐페리가 있다. 건물 건너편 강변에서는 매주 토요일과 일요일에
헌책 벼룩시장이 열리는데, 15세기 프랑스에서 최초로 책을 인쇄
한 출판의 도시답게 소설과 만화책부터 온갖 고서에 이르기까지

다양한 장르의 책들이 애서가의 눈길을 잡는다.

리옹은 사자라는 뜻으로 옛 이름은 루그두눔이다. 로마제국의 율리우스 카이사르가 갈리아를 정복해 속주로 삼았을 때 만들어진 도시다. 오베르 뉴론 알프 레지옹의 중심 도시로 14세기 프랑스에 합병될 때까지 독자적으로 문화를 발전시켜 왔다. 1998년에는 도시 전체가 유네스코 세계유산으로 지정되었는데, 구시가지에는 유럽에서도 손꼽힐 만큼 갈로·로만 시대와 르네상스 시대의 건축물이 많이 있다. 로마 황제 중에는 티베리우스 클라우디우스와 카라칼라가 리옹 출신이며, 아우구스투스도 이곳에 살았던 적이 있다. 그러나 도시의 얼굴이라 할 수 있는 공항의 이름이 '생텍쥐페리 국제공항'이라는 데서 알 수 있듯, 이곳은 무엇보다도 생텍쥐페리의 도시다.

『어린 왕자』나 『야간비행』 같은 작품 제목에서도 드러나듯이 생텍쥐페리라는 이름은 창공이나 별 같은 단어와 어울린다. 이유는 잘 모르겠지만, 그의 이름을 부를 때는 그냥 하늘이 아니라 꼭 창공이라는 단어를 써야 할 것 같은 강박감이 든다. 그는 언제부터 별과 창공에 매료되었던 걸까?

생텍쥐페리는 귀족 가문 출신으로 부유하고 행복한 유년기를 보냈지만, 겨우 네 살 때 아버지를 잃는 비극을 겪는다. 아버지의 사망 이후, 그의 어머니는 다섯 아이를 데리고 리옹 근처 생 모리츠 드 레망에 있는 자기 아버지의 성으로 이사를 간다. 그로부터

3년 뒤 생텍쥐페리의 외할아버지마저 사망하자, 이번에는 빌프랑
슈 쉬르 손에 있는 종조모의 성으로 옮긴다. 열네 살이 될 때까지
생텍쥐페리는 귀족의 성에서 귀하게 자랐던 것이다.

그러던 1912년, 열두 살의 생텍쥐페리는 자기 삶에 커다란 영
향을 끼치는 경험을 한다. 종조모의 성 인근의 한 비행장에서 처
음으로 비행기를 타게 된 것이다. 이때부터 그의 마음 한편에는
늘 창공이 자리를 잡는다. 1917년, 생텍쥐페리는 대입 자격시험

조종사 복장의 생텍쥐페리
그는 어릴 적부터 하늘을 꿈꿨으며, 생애 마지막까지 조종사로 살았다. ⓒJ. P. Ziolo

에 합격해 보쉬에 고등학교와 생루이 고등학교에서 해군사관학교 입학을 준비하지만, 구술시험에서 낙방해 미술학교 건축과에 들어간다. 『어린 왕자』에 들어간 삽화 솜씨가 어디서 비롯되었는지 알 수 있다. 1921년, 생텍쥐페리는 공군에 입대해 독일과의 접경지인 스트라스부르 제2전투기연대 정비 부대에 소속돼 조종사 훈련을 받는다. 그리고 모로코 라바트 37비행연대로 전속된 뒤 조종사 면허를 딴다. 어린 시절의 꿈을 이룬 것이다.

『인간의 대지』는 1939년에 출간된 생텍쥐페리의 네 번째 소설로 1930년 6월 13일에 일어난 실제 사건을 모티브로 했다. 그는 이 작품으로 아카데미 프랑세즈 소설 부분 대상을 수상하는 영예를 얻는다. 당시 생텍쥐페리는 아르헨티나의 수도 부에노스아이레스에서 우편 비행기를 몰고 있었는데, 이때 그의 동료였던 앙리 기요메에게 큰 사고가 일어난다. 안데스 산맥을 횡단하던 도중에 그만 폭풍설을 만나 교신이 끊기는 일이 벌어진 것이다. 생텍쥐페리는 그를 찾기 위해 닷새나 수색을 했지만 발견하지 못했다. 그런데 죽은 줄만 알았던 기요메는 혼자 힘으로 나흘 밤을 걸어서 생환하는 기적을 일으킨다.

생텍쥐페리는 원래 약혼녀의 반대로 공군 조종사가 되려는 꿈을 접었다. 하지만 끝내 꿈을 포기할 수 없었던 그는, 결국 약혼녀와 파혼하고 만다. 그는 1926년 10월 툴루즈의 라테코에르 항공(지금은 에어 프랑스에 인수되었다)에 입사해 툴루즈-카사블랑카, 다카르-

카사블랑카 노선을 오가는 우편 비행기를 몰았다. 당시 함께한 동료인 바세르, 메르모즈, 기요메 등은 그의 작품에 자주 등장하며, 『야간비행』의 주인공 리뷔에르도 디디에 도라라는 실제 인물을 모델로 했다. 그의 글은 책상 위가 아니라, 직접 비행기를 몰고 창공을 누비며 써 내려간 것이다.

단지 너트 하나를 단단히 죄지 않거나 윤활유를 제때 보충해주지 않는 작은 실수나 부주의가 얼마든지 인간의 생명을 빼앗을 수 있다는 사실을, 생텍쥐페리는 비행기를 몰며 절실하게 깨달았다. 문학도 마찬가지다. 그는 이렇게 말한다. "비행기가 하나의 연장인 것처럼, 문학도 문명의 연장이다."

자신의 분신과 같은 비행기를 타고 밤하늘을 날면서, 그는 『인간의 대지』에 나오는 다음과 같은 사색을 했을 것이다.

평야에 드문드문 흩어진 불빛만 별처럼 깜박이던 어느 캄캄한 밤, 아르헨티나로 처음 야간비행을 하던 때가 지금도 눈앞에 생생하다. 그 불빛 하나하나는 암흑의 드넓은 바다 속에도 기적처럼 깨어 있는 의식들을 보여주고 있었다. 그 불빛 속에서 누군가는 책을 읽고, 깊은 생각에 잠기고, 혹은 마음속 이야기를 나누고 있을 것이다. 또한 안드로메다 성운에 대한 계산에 골몰하거나, 사랑을 속삭이는 이들도 있을지 모른다.

가시 돋친 장미의 비밀

·

어린 왕자가 사는 별인 소혹성 B612는 집 한 채보다 좀 더 클
까 말까 한 크기의 작은 별로 활화산 두 개와 휴화산 하나가 있
다. 어린 왕자는 그 별에서 바오밥나무(표준어로는 바오바브나무지만, 여기
선 우리에게 더 잘 알려진 바오밥나무로 표기한다) 씨앗을 뽑거나, 단 한 송이뿐
인 꽃에 유리 고깔을 씌워가며 애지중지 키우며 살고 있었다. 꽃
은 무척 도도한 성격으로 많은 것을 요구했는데, 어린 왕자가 별
을 떠나 여행을 가려 하자 이런 대화를 나눈다.

> "그렇게 우물쭈물하지 마. 속만 상하니까. 떠나기로 했으면 어서
> 가."
> 어린 왕자는 꽃이 신경질을 부리지 않는 것이 이상했다. 그는 고
> 깔을 손에 든 채 어쩔 줄을 모르고 우두커니 서 있었다. 꽃이 이렇
> 게 조용하고 다정하게 자기를 대하는 이유를 알 수 없었다.
> "응, 나는 네가 좋아." 꽃은 말했다.
> "너는 그걸 도무지 몰랐지. 그건 내 탓이었어. 그렇지만 너도 나와
> 마찬가지로 어리석었어. 행복해야 해⋯. 그 고깔은 내버려 둬. 이
> 젠 쓰기 싫어."
>
> 생텍쥐페리, 『어린 왕자』(황현산 옮김, 열린책들, 2015)

그런데 『어린 왕자』에 나오는 이 장미꽃은 대체 누구를 모델로 한 걸까? 생텍쥐페리는 남미에서 항공사 주임으로 일하던 서른 살 무렵, 한 여성과 사랑에 빠진다. 상대는 바로 산살바도르 출신의 콘수엘로였다. 그는 신문기자였던 남편이 사망한 뒤 홀로 살고 있다가 생텍쥐페리를 만났다.

생텍쥐페리는 『야간비행』의 주인공 모델이기도 한 직장 상사 디디에 도라가 회사의 영업부장 자리에서 물러나자, 그와 함께하기로 마음먹고 퇴사한 뒤 파리로 떠난다. 그리고 1931년, 파리에서 콘수엘로와 결혼한다. 그는 사랑스럽지만 까다로운 성격의 아내에게 영감을 얻어 『어린 왕자』에 등장하는 장미꽃 캐릭터를 탄생시킨다.

1935년, 생텍쥐페리는 프랑스 파리-베트남 사이공 구간의 비행시간 단축을 위한 장거리 비행 시합에 나가기로 결심한다. 그런데 비행 도중에 그만 생텍쥐페리와 동료 두 사람이 몰던 비행기가 일차 목적지인 이집트 카이로에서 200킬로미터 떨어진 사막에 추락하고 만다. 생텍쥐페리와 기관사 한 명은 천만다행으로 탈출에 성공했고, 하늘의 도움이 이어져 그들은 무려 닷새를 헤맨 끝에 베두인 대상隊商을 만나 극적으로 구조된다. 이때의 경험은 앞서 살펴본 동료 기요메의 조난 경험과 함께 그의 작품 곳곳에 고스란히 녹아든다.

동화 형식의 소설 『어린 왕자』를 집필했을 때 생텍쥐페리는 나치 독일의 프랑스 점령을 피해 미국에 가 있었다. 작품의 발표 역시 1943년 미국에서 발표했다. 생텍쥐페리는 자기 꿈의 근원을 동심의 세계에서 찾으려 했고, 물질이나 욕망에 더럽혀지지 않은 아이의 눈으로 세상을 바라보려 했다. 여기서 이번 장의 첫 부분에 언급하기도 했던 『어린 왕자』의 시작 부분을 살펴보자.

> 나는 이 책을 어른에게 바친 데 대해 어린이에게 용서를 빈다. 나에게는 그럴 만한 사정이 하나 있다. 내가 이 세상에서 사귄 가장 훌륭한 친구가 바로 이 어른이라는 점이다. 또 다른 사정이 있다. 이 어른은 모든 것을, 어린이를 위해 쓴 책까지도 이해할 줄 안다는 것이다. 세 번째 사정이 있다. 이 어른은 지금 프랑스에서 살고 있는데, 거기서 굶주리며 추위에 떨고 있다. 그를 위로해주어야 한다. 이 모든 사정으로도 부족하다면, 지금은 이 어른이 되어 있는 예전의 어린아이에게 이 책을 바치고 싶다. 어른들도 처음엔 다 어린이였다.

생텍쥐페리, 『어린 왕자』(황현산 옮김, 열린책들, 2015)

어린 왕자는 자신의 별인 소혹성 B612를 떠나 임금이 사는 별, 허풍쟁이가 사는 별 등 여섯 개의 별을 지나 일곱 번째로 지구에 도착한다. 거기서 어린 왕자는 충격적인 경험을 한다. 세상에서 단 하나밖에 없다고 생각했던 자기 별의 꽃이 사실은 수많은 장미꽃 중 하나에 불과하다는 사실을 깨달았기 때문이다.

풀밭에서 울고 있는 어린 왕자에게 한 여우가 나타나 어떻게 친구가 될 수 있는지, 왕자의 장미꽃이 수많은 장미꽃 중 하나임에도 왜 소중한지를 가르쳐준다. 여우는 어린 왕자에게 가장 중요한 것은 눈에 보이지 않고 마음으로 봐야 한다는 사실도 가르쳐준다. 생텍쥐페리는 어른을 위한 동화를 이렇게 마무리한다.

이것은 내게 이 세상에서 가장 아름답고 가장 쓸쓸한 풍경이다. (······) 어린 왕자가 이 땅에 나타났다가 사라진 곳이 바로 여기다. 어느 날 아프리카의 사막을 여행하게 되면 이곳을 확실히 알아볼 수 있도록 이 풍경을 자세히 보아두라. 그리고 이곳을 지나가게 되거든 제발 서두르지 말고 바로 별 아래서 잠시 기다려라! 그때 한 아이가 여러분에게 다가오면, 그 애가 웃고, 그 애의 머리가 금발이면, 물어도 그 애가 대답하지 않으면, 그 애가 누구인지 여러분은 잘 알리라. 그때는 친절을 베풀어달라. 이다지도 슬퍼하는 나를 그대로 버려두지 말고, 이내 편지를 보내달라. 그 애가 돌아왔노라고.

생텍쥐페리, 『어린 왕자』(황현산 옮김, 열린책들, 2015)

어린 왕자의 별
B612로 떠나다

•

그렇지만 우리가 생텍쥐페리의 마지막 소원을 들어줄 필요는 없겠다. 생텍쥐페리는 우리가 지금 그의 글을 읽고 있는 시점보다 이미 75년 전에 어린 왕자의 별로 먼저 떠났기 때문이다. 1943년, 생텍쥐페리가 『어린 왕자』를 발표했을 때에는 전쟁이 절정으로 치닫고 있었다. 같은 해 5월, 그는 알제리 정찰 비행단에 들어간다. 나이도 많고 추락사고로 인한 후유증까지 앓고 있었지만, 그는 다시 비행기에 오르기를 간절히 바랐다. 처음에는 다섯 번만 출격하기로 약속했지만, 욕심을 부려 거기서 세 번을 더 비행한다. 1944년 7월 31일, 생텍쥐페리는 미국의 쌍발 전투기를 개조한 라이트닝 정찰기를 몰고 이탈리아-스위스 접경지인 그르노블, 안시를 향해 나아갔다. 그것이 그의 복귀 후 여덟 번째 비행이자 마지막 비행이었다.

오랫동안 실종설과 사망설 등 베일에 싸여 있던 그의 최후는 1998년 4월 마르세유 남동쪽 바다에서 한 어부가 우연히 그의 팔찌를 발견하면서 처음으로 밝혀진다(물론 이 팔찌의 진위 여부에 대해서는 논란이 있다). 2000년에는 프랑스의 잠수부가 마르세유 근해에서 바닷속에 잠긴 정찰기의 잔해 일부를 발견했고, 그로부터 4년 뒤인 2004년에는 마침내 수중 탐사팀이 정찰기의 잔해를 찾아낸다.

여전히 생텍쥐페리의 유해를 찾아내지는 못했지만,『어린 왕자』를 읽었던 우리들은 지금 그가 어디에 있을지 충분히 짐작할 수 있다. 분명히 그는 우주의 한 작은 별에서 눈빛이 맑은 금발 소년과 함께 한 송이뿐인 아름다운 장미꽃과 대화를 나누며 서랍 속 양을 기르고 있을 것이다.

생텍쥐페리의 비행기 잔해가 발견된 마르세유의 앞바다

6장

미소년 시인이
유부남과 사랑의 도피를?

.

랭보와 샤를빌 메지에르

프랑스에 갈 때마다 '정말 복받은 땅이구나' 하는 감탄이 절로 나온다. 유럽 한복판에 위치한 광활한 대지는 대부분 평야여서 농축산물을 자급자족할 수 있다. 산지는 꼭 필요한 곳에 적절하게 자리하고 있다. 차를 몰고 길을 가다가도 국립공원이라 쓰인 팻말이 보이면 무조건 들렀는데, 한 번도 그 경관에 실망한 적이 없다.

영국과 도버 해협을 마주 보고 있는 칼레부터 남쪽으로 펼쳐진 코트 알바르트는 지중해와 맞닿아 있는 유명 휴양지 코트 다쥐르 못지않은 절경을 자랑한다. 흰 대리석 해안이라는 뜻처럼, 때묻지 않은 자연의 아름다움이 남아 있다. 리옹이나 그 남쪽 프로방스도 무척 아름다운 곳이다. 그곳의 하늘은 마치 지금까지 우리가 알던 하늘은 진짜가 아니라는 듯 눈이 부실 정도로 강렬한 햇살과 선명한 푸른빛을 자랑한다. 유명 예술가의 터전과 그들이 남긴 작품의 유산도 곳곳에 숨어 있다.

이러한 도시들에 비하면 북동부에 위치한 랭스는 상대적으로 조용한 곳이다. 그런데도 이 도시를 찾은 데에는 두 가지 이유가 있다. 첫째, 랭스 대성당을 보기 위해서다. 이 성당은 496년 프랑크왕국의 클로비스 1세가 대주교 생 레미에게 세례를 받은 이래, 1824년 샤를 10세에 이르기까지 역대 프랑스 왕의 대관식 장소로 쓰였다. 제2차 세계대전으로 파괴된 성당을 복구할 때, 화가 마르크 샤갈이 스테인드글라스 제작을 맡기도 했다.

둘째 이유는 인근의 한 마을을 방문하기 위해서다. 랭스에서 북쪽을 향해 차로 한 시간 넘게 달리면 작은 마을이 나타나는데, 지금은 샤를빌 메지에르로 불리는 이곳이 랭스에 들른 진짜 목적이다. 이곳은 바로 19세기 후반 프랑스 상징주의의 대표 시인이자, '프랑스 문학사에서 유례를 찾기 힘든 독특한 시인'이 태어난 곳이기 때문이다. 바로 아르튀르 랭보다.

방랑하는 소년 시인

•

마을을 동서로 관통하는 뫼즈강을 산책하다 보면 랭보의 생가를 찾을 수 있다. 평범한 주택가 한쪽에 있어서 표지를 눈여겨 살

랭보의 고향 마을로 가는 길
랭스에서 한 시간 넘게 달리면 샤를빌 메지에르가 나온다.

펴보아야 한다. 그 맞은편에는 랭보 박물관이 있다. 물방앗간을 개조한 박물관의 높은 계단을 올라가면 두툼한 외벽이 나온다. 난간에 서서 강물이 흘러가는 것을 가만히 보고 있노라면, 랭보가 습작 시를 써서 파리의 시인들에게 보내는 장면이 눈앞에 그려지는 듯하다.

랭보 박물관에는 「모음들」이라는 시가 걸려 있다. 모음인 A, E, I, O, U에 색깔을 부여하고 운율을 절묘하게 짜 맞춰 공감각적인 아름다움을 느낄 수 있는 시다. 이 시를 보면 왠지 우리나라의 시인 이상이 생각난다. 아마도 이상이 랭보에게 영향을 받은 게 아닐까? 이런저런 자료를 뒤적였으나, 딱 부러지게 그렇다고 할 만한 내용은 찾지 못했다.

시내에서 랭보 생가와 랭보 박물관으로 가기 전에 만나게 되는 한 학교 앞에는 랭보의 석상이 있다. 바로 랭보가 다녔던 샤를빌 콜레쥬다. 믿기 어렵겠지만, 랭보는 원래 착실한 모범생이었다가 갑자기 불량소년이 되었다고 한다. 그렇게 불량소년이 된 랭보가 삐딱한 자세로 뫼즈 강변을 노려보는 듯한 석상의 모습은 마치 그가 이 세상에 여전히 만연한 부조리를 비웃는 것처럼 보인다.

랭보는 1854년 군인인 아버지와 시골 출신의 어머니 사이에서 둘째 아들로 태어났다. 아버지는 잦은 전쟁으로 거의 집을 떠나 있었는데, 어머니와 성격이 맞지 않아 결국 별거에 들어간다. 이때부터 네 아이의 생계는 오로지 어머니의 몫이 되었는데, 감당

뫼즈강이 흐르는 샤를빌 메지에르
랭보의 도시답게 그의 흔적을 곳곳에서 발견할 수 있다.

뫼즈강 근처에 있는 랭보의 생가
문을 열고 들어가면 안뜰과 정원이 나온다.

하기 힘든 짐을 떠안은 어머니는 점차 엄격하고 차가운 성격으로 변하게 된다. 어머니의 이런 성품은 랭보가 반항적인 시인이 되는 데 큰 영향을 미친다.

랭보는 어려서부터 영민했다. 공부도 잘했고, 여덟 살 때에는 라틴어로 시를 쓸 정도였다. 1869년, 그가 열다섯 살에 쓴 첫 프랑스어 시 「고아들의 새해 선물」은 이듬해 콩쿠르 아카데미크에서 상을 받고 《모두를 위한 잡지》에 실리기도 했다. 순조롭게 성장하는 것 같았던 랭보의 일상에 이상이 감지된 것은 그가 열여섯 살이 된 1870년 전후다. 그 시절 그의 빼어난 재능을 보여주는 대표 작품 중 하나가 「감각」이다.

> 여름 푸른 저녁이면 들길을 가리라.
>
> 밀 잎에 찔리고 작은 풀을 밟으며.
>
> 몽상가는 발밑으로 신선함을 느끼고,
>
> 머리는 바람에 저절로 씻기겠지.
>
> 말도 생각도 않으리.
>
> 그럼에도 한없는 사랑이 내 영혼 속에 일어날 터이니.
>
> 멀리, 저 멀리 가리라, 보헤미안처럼.
>
> 계집애와 함께하듯 행복하게, 자연 속으로.

랭보의 시가 상을 받고 잡지에 게재되던 해, 프랑스는 프로이센에 선전포고를 한다. '프로이센-프랑스 전쟁', 즉 보불 전쟁이 일어난 것이다. 랭보의 관심은 온통 전쟁에 집중됐다. 그는 프랑스의 나폴레옹 3세와 그 숭배자를 '단순무식한 민족주의자'라며 혐오했고, 그들이 전쟁을 선동하는 것에 분노했다. 그리고 그에 대한 저항으로서 시를 썼다.

1870년 5월 24일, 랭보는 첫 번째 가출을 한다. 석 달 뒤인 8월 31일 그를 찾아 집으로 데리고 온 사람이 샤를빌 콜레쥬의 교사인 조르주 이장바르다. 그러나 랭보는 집에 돌아온 지 불과 열흘 뒤인 10월 7일에 두 번째 가출을 감행한다. 이번에는 걸어서 벨기에 브뤼셀을 거쳐 두에까지 간다. 그 길 위에서 랭보는 계속 시를 지었다. 그러나 소년 랭보의 허름한 행색은 길에서 검문하던 헌병의 눈에 띄었고, 연락을 받은 어머니가 달려왔다.

모범생이던 랭보는 왜 갑자기 반항아로 돌변한 걸까? 일반적인 해석으로는 아버지에 대한 그리움과, 앞서 언급했던 어머니의 지나치게 엄격하고 차가운 성격이 원인이 되었다고 한다. 이때 쓴 시 가운데 하나가 「나의 방랑 생활」이다.

> 나는 쏘다녔네, 터진 주머니 속에 쑥 손을 찔러 넣고서는.
> 코트는 내게 꼭 맞았지.
> 하늘 아래를 걸어 다녔고, 시의 신이여, 나는 그대의 충실한 벗이었네.

샤를빌 콜레쥬에 있는 랭보의 동상
삐딱한 자세와 표정이 반항아 랭보의 이미지를 잘 표현하고 있다.

오! 나는 얼마나 황홀한 사랑을 꿈꾸었던가.

짧은 단벌 바지에는 큰 구멍이 났네.
작은 몽상가, 나는 길을 걸으며 각운을 하나씩 뿌렸네.
내 잠자리는 저 하늘의 큰곰자리에 있고
별들은 다정하게 속삭였네.

나는 길가에 앉아 그들의 속삭임에 귀 기울였네.
이 아름다운 9월의 밤, 이슬방울을 느끼며.
생기를 북돋우는 포도주가 이마에 샘처럼 솟아났지.

환상적인 어둠 속에서 운을 맞추며,
한 발을 가슴에 대고
해진 구두를 리라를 켜듯 잡아당기며.

랭보의 두 번째 가출의 또 다른 원인으로는, 그해 시인 테오도
르 드 방빌에게 세 편의 시를 보냈다가 큰 반응을 얻지 못한 영향
도 컸다. 방빌은 당시 파르나스파 시인의 핵심 인물이었다. 파르
나스파는 '예술만을 위한 예술'을 주창한 이들로, 불문학자 김화
영은 이들이 "단순 소박하고 차디찬 기하학적 구성"을 지녔다고
평가한다.

1872년 어린 시절의 랭보

랭보는 미소년으로 유명했다. 그래서인지 그가 주인공으로 나온 영화 「토탈 이클립스」에서는 대표적인 미남 배우인 레오나르도 디카프리오가 그 역할을 맡았다. ⓒEtienne Carjat

1871년, 랭보는 세 번째 가출을 통해 이번에는 파리까지 간다. 거기서 랭보는 보름 동안 머무르며, 시인 폴 드메니에게 한 통의 편지를 쓴다. 바로 저 유명한 "저는 이렇게 말하겠습니다. 시인이란 견자見者여야만 하며, 의식적으로 견자가 되어야 한다고"라는 구절이 담긴 「견자의 편지」다.

여기서 견자란 '보는 자'다. 예언자처럼 미래의 메시지를 읽어 사람들에게 전하는 사람이다. 자기 시대를 날카롭게 통찰하고 있는 사람이다. 랭보에게 시 쓰기란 타인의 고통에 함께 괴로워하고, 모난 현실에 분노하는 언어를 만드는 행위였다. 그에게 부르주아 이데올로기, 민족주의, 기독교 등은 모조리 마땅히 비웃고 비난해야 할 대상이었다. 랭보에게 조국 프랑스는 자신이 비웃는 이 모든 관념으로 점철된 형편없는 나라였지만, 빅토르 위고 등 위대한 시인이 많았기에 아직 희망을 말할 수 있는 나라이기도 했다.

랭보가 흠모한 시인은 위고, 샤를 보들레르, 스테판 말라르메, 폴 베를렌 등이었다. 그중에서 가장 흠뻑 빠졌던 시인은 낭만주의에서 작품 활동을 시작했으나 이내 그 부조리를 깨닫고 뛰쳐나온 보들레르였다. 절망과 죄와 욕망을 모호하고 신비롭게 그려낸 보들레르의 작품을 보며 랭보 역시 고전 형식에서 벗어나는 '타락'에 자진해서 빠져들었다. 스승인 이장바르에게 보낸 편지에서 랭보는 이렇게 절규한다.

"저는 지금 최대한 타락한 생활을 하고 있습니다. 왜냐고요? 저는 시인이고 싶고, 또 견자가 되려고 부단히 노력하고 있기 때문입니다. (……) 모든 감각의 착란을 통해 미지의 영역에 도달하는 것이 문제입니다. 고통이 너무나 큽니다."

사랑과 증오가 함께한
지옥 같은 한철

•

파리에서 방황했던 이 기간은 랭보에게 큰 전환점이 됐다. 랭보는 파르나스 경향을 버리고 자신만의 독창적인 문학 세계를 추구하기 시작한다. 당시 파리 문학계의 유명인사 베를렌에게 편지를 보냈는데, 이때 그에게 쓴 시가 「취한 배」다.

도도한 강물에 떠내려갈 때, 나는
더 이상 사공이 이끌 수 없다는 걸 느꼈네.
비명을 지르는 인디언이 그들을 과녁으로 삼았지.
색칠한 말뚝에 벌거벗겨 못 박은 채.

나는 선원은 전혀 신경 쓰지 않았네,
플랑드르 밀이나 영국 목화를 나르는 이들.
그저 사공과 함께 소란이 끝난 뒤,
강물을 따라 원하는 곳으로 흘러갔지.

물결의 성난 움직임 속으로,
지난겨울 아이보다 어리석은 나는 달려갔네.
그러자 반도半島가 나타났고 더는 혼란을 겪지 않게 됐지.

폭풍우가 바다 위의 각성을 축복해줬지.

파도 위에서 코르크보다 더 가볍게 춤추었네.

조난자의 영원한 짐꾼이라 불리는 물결 위에서,

등대의 어리석은 눈을 그리워하지도 않고 열 밤을! (……)

이후 랭보와 베를렌 사이에 벌어진 스캔들은 너무나 유명하다. 이제 결혼해 신혼살림을 꾸리고 있었던 데다가, 나이도 열 살이나 많았던 베를렌은 랭보에게 흠뻑 빠져들었다. 둘 사이의 묘한 기류를 눈치챈 아내가 랭보를 내쫓자, 베를렌은 오히려 잘되었다는 듯이 랭보를 데리고 1872년 9월에 영국 런던으로 건너간다. 그러나 유럽 여기저기를 여행하며 뜨겁게 빠져들었던 둘은 완전히 하나가 되기엔 성격도 문학적 성향도 너무나 달랐다. 뜨거운 사랑은 이내 지독한 애증으로 변했다.

급기야 1873년 브뤼셀에서 베를렌이 랭보를 총으로 쏜 유명한 사건이 벌어진다. 둘의 연애는 종지부를 찍고, 베를렌은 투옥되었으며 랭보는 고향 샤를빌로 돌아간다. 이후 랭보가 펴낸 시집 『지옥에서 보낸 한철』에는 이때의 경험이 곳곳에 녹아 있다. 시집의 제목처럼 랭보에겐 베를렌과 함께했던 나날이 지옥이었을까? 쾌락과 혐오, 도취와 불안이 공존했던 만남은 서로 쉽게 떠날 수도, 견딜 수도 없던 순간이었음에는 분명하다.

그러나 랭보는 그때 얻은 독을 자신다운 방법으로 이겨낸다. 그

1873년 브뤼셀에서 베를렌과 랭보가 함께 찍은 사진
서로 첫눈에 반했지만, 그 불이 지나치게 뜨거웠던 탓일까?
이내 둘은 서로의 삶을 지옥으로 만들었다.

RIMBAUD.

베를렌이 랭보를 그린 스케치

는 자기 시를 통해 지옥 같은 기억 속으로 당당히 걸어 들어갔고, 온갖 고통과 황홀감을 다시 한번 겪은 뒤 지옥에서 걸어 나왔다. 이 모든 일들을 다 겪고 난 랭보의 나이는 불과 열아홉이었다.

바람 구두를 신은 사내가
내게 가르쳐준 것

•

누구보다 뜨겁게 방황한 십 대 시절을 보내고 난 뒤에도, 랭보는 쉽게 정착하지 못하고 떠돈다. 1874년까지 시 쓰기에 몰두하던 그는 이듬해부터는 문학마저 내팽개친다. 그리고 독일 슈투트가르트, 이탈리아 밀라노, 키프로스 등 유럽 각지를 떠돌다 1880년 무렵에는 멀리 아프리카로 떠난다. 마치 자신을 둘러싼 모든 것, '랭보' 자신마저 깡그리 버려버리겠다는 듯이.

1891년까지 아프리카, 유럽, 중동, 인도네시아 자바 등지를 전전하며 노동자로, 용병으로, 건축 감독으로 살아가던 랭보는 마지막에는 아프리카에서 무기 거래상으로 일하다 병을 얻어 모국으로 돌아온다. 거기서 다리 절단 수술을 받고, 후유증을 앓다 몇 달 뒤에 사망하고 만다. 그의 나이 겨우 서른일곱 살 때의 일이다.

서로 사랑했던 시절, 베를렌이 랭보에게 지어준 별명이 있다. 바로 '바람 구두를 신은 사내'다. 랭보의 삶과 너무나도 잘 어울리는 별명이다. 평생 여러 직업을 전전하며 살아간 그를 가리키는 단 하나의 단어가 있다면 바로 '방랑자'일 것이다. 고향에서도 틈만 나면 산으로 들로 쏘다녔고, 가출을 일삼았으며, 수시로 국경을 넘었다. 문학적으로도 운율 시에서 산문으로, 베르길리우스와 위고와 보들레르를 넘나든 것이 바로 그였다.

"나는 또 하나의 타자다." 랭보는 이렇게 말한 적이 있었는데, 실제로 그의 삶은 끊임없이 자신을 타자로 만들지 않고서는 견딜 수 없는 것 같았다. 그 짧은 삶 동안 팔랑대며 여기저기를 쏘다녔다. 마치 앞에서 살펴본 그의 시 「감각」이나 「나의 방랑 생활」 한 구절처럼.

랭보의 고향 샤를빌에서의 짧은 산책을 마치고, 그곳을 벗어난 지 얼마 되지 않아 놀라운 풍경을 마주했다. 사방에 펼쳐진 푸른 포도밭이 나타난 것이다. 유명한 샹파뉴의 와이너리다. 화이트 와인과 로제 와인의 주산지라는 말처럼, 동화에서나 나올 법한 방대한 규모의 와이너리가 죽 이어졌다. 푸르른 포도밭을 보니 차를 세우고 포도 몇 송이로 목을 축이고 싶었다. 물론 CCTV가 곳곳에서 지켜보고 있어서 차마 그러지는 못했지만.

인력과 자연이 어우러진 이 장대한 풍광 앞에서 이곳이 프랑스 중부나 남부보다는 화려하지 못하다고 내심 깔봤던 자신이 부끄러워졌다. 정말 중요한 것은 그저 눈에 보이는 것을 보는 것이 아니라, 무엇을 어떻게 보느냐다. 치열하게 '견자'가 되기를 갈망하던 랭보가 내게 준 선물이 바로 이 깨달음이었다.

시인이 되기를 갈망하는 이가 첫째로 해야 할 일은 자기 자신에 대해 아는 것입니다. 완전한 자기 자신을! 그는 자기 영혼을 찾아야 하며, 그 영혼을 면밀하게 살펴야 합니다. 시험하고 음미하면서 그 영혼을 겪어야만 합니다.

아르튀르 랭보, 「견자의 편지」

프랑스 샹파뉴의 와이너리

7장

최고의 순애보 작품을 쓴 작가가
사실은 다혈질?

도데와 뤼브롱산

프로방스 뤼브롱산에는 여러 번 올랐지만, 그중에서도 특별히 기억에 남는 순간이 있다. 바로 2017년 8월 라벤더 로드를 취재하기 위해 프로방스 지방에 갔을 때다. 인근에 있는 성채 마을 고르드에서 때늦게 라벤더를 수확하는 장면을 촬영한 뒤 무심코 낯선 산길로 접어들었는데, 언뜻 안내문을 보니 뤼브롱산 산상도로였다. 해발 수백 미터의 산상도로에서는 드넓은 프로방스의 평야가 한눈에 보였다. 아름다운 풍경을 한껏 여유롭게 즐기려는데, 산 위에서도 고속 질주를 해대는 프랑스인들 때문에 그러지 못해 살짝 짜증이 났다.

산상도로 위를 얼마나 달렸을까. 문득 눈앞의 까마득한 절벽 아래로 에메랄드빛 강물이 보이기 시작했다. 베르동 협곡을 가르는 뒤랑스강이었다. 마치 내가 어린 시절부터 뤼브롱산의 풍경을 마음에 간직하고 있었다는 사실을 안다는 듯이 뤼브롱산은 자신의 가장 아름다운 모습을 볼 수 있는 곳으로 안내한 것이다. 40여 년을 계속 그리워했다면 이제는 이 풍경을 실컷 누릴 자격이 있다는 것처럼.

자유분방한 연애 문화가
못마땅했던 다혈질 작가

•

"내가 뤼브롱산에서 양을 치고 있을 때의 일이다."

어린 시절 내 마음속에 뤼브롱산의 풍경을 심어준 것은 바로 이 문장으로 시작되는 알퐁스 도데의 단편소설 「별」이다. 그가 묘사하는 뤼브롱산의 풍경은 마치 눈으로 본 것처럼 선명해서, 이 작품을 읽은 사람이라면 누구나 그 모습을 그리워하게끔 만든다.

산꼭대기의 드넓은 초원에서 양을 돌보고 있노라면 몇 주씩 사람 구경은 하지도 못한 채 양 치는 개와 둘이서 하루하루를 보내야 했다. 눈앞에 보이는 것은 산자락의 초록빛 풀밭과 끝없이 펼쳐진 푸른 하늘, 그리고 유유히 흘러가는 흰 구름뿐이다. 들리는 소리라고는 양의 울음소리와 그 목에 달린 방울 소리, 그리고 내 곁을

뤼브롱산으로 가는 길
산상도로 너머로 뤼브롱산이 보인다. 그 아래로 평야가 펼쳐져 있다.

든든히 지켜주는 양 치는 개가 가끔 짖는 소리뿐이다. 때때로 몽드뤼르산에서 지내는 수도자들이 약초를 찾아 이곳을 지나기도 하고 피에몽 마을의 숯 굽는 남자들이 나무를 구하러 찾아오기도 했다.

초록빛 풀밭과 푸른 하늘이 끝없이 펼쳐진 산꼭대기 초원에서 양을 치는 하루하루는 여유롭고 고요하지만, 한편으로는 어딘가 쓸쓸하다. 문학에서는 바로 이럴 때, 일상을 깨고 잔잔한 마음을 흔들어 놓는 존재가 나타나기 마련이다.

식량을 싣고 오는 농장 노새의 방울 소리가 산비탈 아래에서 들려오면 마음이 조금씩 들뜨기 시작한다. 뒤이어 노라드 아주머니의 다갈색 모자나 미아로의 얼굴이 산등성이 위로 조금씩 보이면 이내 기뻐서 어쩔 줄 몰랐다. 무엇보다 먼저 알고 싶은 것이 바로 주인집 아가씨에 관한 소식이었다. 주인집 아가씨 스테파네트는 이 세상에서 가장 아름다운, 내가 가장 좋아하는 사람이다.

사랑에 빠진 사람이 그렇듯, 자신이 보고 듣는 모든 것이 사랑의 은유가 된다. 농장 노새의 방울 소리, 노라드 아주머니의 다갈색 모자, 꼬마 미아로의 얼굴을 보며 주인공이 떠올리는 건 오직한 사람 스테파네트 아가씨의 모습이다. 그렇게 마음속으로만 그리워하던 이를 뜻하지 않게 만나게 될 때의 기쁨은 얼마나 클지!

여느 때처럼 노라드 아주머니나 미아로를 기다리던 어느 날, 꿈에서도 그리워하던 소녀가 목동을 찾아온다. 노라드 아주머니는 휴가를 갔고 미아로는 아파서 자신이 직접 왔다는 것이다. 오는 동안 길을 잃고 헤맸기 때문에 늦었다고 말하는데, 목동의 눈에는 정신없이 길을 헤맨 부스스한 모습이 아니라 무도회장에서 춤이라도 추다가 바삐 빠져나온 듯한 아름다운 모습이다.

그렇게 한껏 마음을 설레게 하고 떠나간 소녀는 뜻하지 않게 다시 한번 목동을 찾아온다. 귀갓길에 소나기로 불어난 강물에 빠진 것이다. 물에 흠뻑 젖어 추위에 떨고 있는 모습에 목동은 자신이 소녀를 지켜주는 '기사'가 되기로 결심한다. 소녀에게 모피를 벗어 덮어주고 모닥불을 피워 몸을 데우게 한다. 그렇게 둘이 모닥불 곁에서 한참 동안 말없이 앉아 있는데, 갑자기 밤하늘 한쪽에서 별똥별이 등장한다. "저게 뭘까?" 하고 소녀가 묻자, 목동은 이렇게 답한다. "천국으로 들어가는 영혼이랍니다."

나는 이제껏 밤하늘을 바라보며 살아왔다. 그러나 그날 밤에 바라본 하늘처럼 유난히 깊고 푸르며 아름답게 빛나는 별들을 본 적이 없었다. (……) 밤이 되면 낮과는 다른 또 다른 세계가 펼쳐진다. 한 번이라도 모두가 잠든 한밤중에 아름다운 별빛 아래에서 어둠을 응시해본 적이 있는 사람은 알 것이다. 낮과는 전혀 다른 신비한 세계가 그 고요한 밤의 정적 속에서 눈을 뜬다는 것을.

　소설을 처음 읽었을 때에는 내심 '그래서 다음엔 어떻게 됐지?' 하는 음흉한 생각을 품기도 했다. 하지만 이 소설이 말하는 사랑은 육체적 성애가 아닌 정신적이고 순수한 사랑이다. 도데는 당대의 자유분방한 연애 문화를 비판하고, 그 대척점에 있는 정신적인 사랑의 가치를 말하기 위해 이 소설을 썼다고 한다. 이제 이 소설에서 가장 유명한 명문을 살펴보자.

> 우리 주위를 돌고 있는 별들은 순한 양 떼처럼 그저 제 갈 길을 가고 있었다. 나는 밤의 성스러운 보호를 받으며 어디까지나 순수한 마음을 잃지 않았다. 나는 몇 번이나 마음속으로 중얼거렸다. 저 수많은 별 중에서 가장 귀하고 빛나는 별 하나가 길을 잃었노라고. 그리고 그 별은 내 어깨 위에 내려앉아 고이 잠들어 있노라고.

　이처럼 순수한 소설을 감성적인 문체로 담아낸 소설가는 왠지 예민하고 섬세할 것 같다. 그런데 의외로 다혈질인 사람 역시 자기감정을 충실하게 담아낸 섬세한 문장을 잘 구사한다. 실제로 도데는 섬세한 감성을 지니긴 했지만, 동시에 프로방스 출신다운 정열적인 기질도 가지고 있었다. 문체에서 느껴지는 분위기와 달리 그는 결투를 몹시 즐겼다. 아내를 비방하는 신문기자와 결투를 벌

뤼브롱산에서 바라본 풍경
저 깊은 산속 어딘가에 목동과 소녀가 있을 것만 같다.

인 적도 있고, 자신이 아카데미 회원이 될 가능성이 없다는 비판적인 기사를 쓴 기자와도 결투를 벌이고는 했다.

'마지막 수업'은
슬픈 이야기가 아니다?!

•

알퐁스 도데가 태어난 곳은 프랑스 랑그도크루시용의 님이라는 도시다. 프랑스 남부 코트 다쥐르 해안과 가까운 지역으로, 서쪽으로는 몽펠리에, 동쪽으로는 아비뇽, 아를, 마르세유와 가깝다. 남쪽으로 곧장 향하면 지중해다. 그의 어린 시절은 매우 불우했다. 비단 제조업자인 아버지 뱅상 도데는 '불운을 부르는 뱅상'이라는 별명을 가지고 있었다. 하는 일마다 실패해 이런 재수 없는 별명이 뒤따랐다.

도데는 리옹에서 중고등학교를 다닌 뒤 알레스에서 조교사 생활을 하지만 학생의 등쌀에 견디지 못하고 심한 노이로제에 걸린다. 불과 1년여 만에 교사를 그만둔 그는 훗날 이렇게 말했다. "알레스를 떠난 지 몇 달 뒤에도 내 말을 듣지 않는 아이들 사이에 서 있는 듯했다."

그런데 도데의 작품 중에서 교사가 나오는 소설이 있다. 바로 「별」만큼이나 우리에게 잘 알려진 소설 「마지막 수업」이다. 그런데 우리는 왜 이 작품에 매료되었을까? 그것은 이 작품의 배경과 밀접한 관계가 있다. 이 작품은 1871년 당시 프로이센-프랑스 전쟁에서 프랑스가 패배하면서 알자스로렌 지방을 프로이센에 넘겨주게 된 사건을 배경으로 한다. 지각을 밥 먹듯 하는 아이인 주인공 프란츠가 여느 날과 다름없이 학교에 늦게 도착했는데 왠지 분위기가 평소와 달랐다. 마을 사람들이 모여 있는데, 모두 침통하고 슬픈 표정이었다.

> "여러분, 오늘은 마지막 프랑스어 수업 시간입니다. 베를린에서 명령이 내려왔는데 이제부터는 알자스와 로렌 지방의 학교에선 독일어만 가르치라고 합니다. 내일 독일어를 가르칠 새 선생님이 오실 겁니다. 그러니까 오늘은 여러분뿐 아니라 나에게도 마지막 프랑스어 수업인 셈입니다."

선생님이 꺼낸 뜻밖의 말에 주인공을 비롯한 모든 사람이 울먹거린다. 평소엔 쳐다보기도 싫어했던 프랑스어 교과서와 성경이 애틋해지는 것을 느끼며, 프란츠는 이렇게 생각한다. "내일부터는 학교 지붕 위에 앉아 있는 저 비둘기들도 독일어로 울어야만 하는 걸까?"

소설의 결론 부분은 특히 우리에게는 더욱 울컥하며 다가온다.

선생님은 무엇인가 목에 걸린 듯 말을 잇지 못했다. 거기까지만 말씀하시고 이내 칠판을 향해 돌아섰다. 선생님는 분필을 하나 집어 들고 길게 팔을 뻗어 될 수 있는 한 큰 글씨로 이렇게 썼다. "프랑스 만세!" 선생님은 그대로 칠판에 얼굴을 기대셨다. 그러고는 우리 쪽은 쳐다보지도 못하고 손짓을 하셨다. "이제 수업은 끝났다. 다들 돌아가거라."

이 단편소설은 도데의 대표작으로 우리 교과서에도 오랫동안 수록됐었다. 이 작품이 교과서에 수록될 정도로 우리나라에서 사랑을 받았던 이유는 소설가 이병주의 고백을 통해 알 수 있다. 『이병주의 동서양 고전탐사』에서 그는 자신이 도데의 「마지막 수업」을 처음 접했을 때 느낀 충격을 털어놓는다. 일제 강점기였던 열두 살 무렵, 그를 마음에 들어 했던 일본인 교장 부인이 『소년 소녀 동화 전집』을 선물로 주었는데, 그 안에 수록된 작품 중에서 특히 「마지막 수업」에 심각한 충격을 받은 것이다. "아이에게도 나름대로의 의식은 있다. 열두 살이었던 나는 그 소설에서 받은 충격으로 그때까지 전혀 해보지도 않은 생각에 말려들었다. 첫째, 알자스와 로렌이 어쩌면 우리와 그리 비슷한 처지일까 하는 것이었다. 우리나라도 알자스와 로렌처럼 슬픈 곳이 아닐까 하는 생각이 뒤따랐다."

그런데 정말 알자스로렌은 이병주의 생각처럼 슬픈 곳이었을까? 「마지막 수업」의 무대가 된 알자스로렌은 독일과 맞닿아 있는 국경도시다. 길 하나만 건너면 독일 땅이 프랑스 땅이 되는 곳이다. 소설 속에서 펼쳐진 비극의 연원을 알려면 배경지식이 필요하다. 이 땅의 불행은 샤를마뉴 대제(독일어로는 카를 대제) 때 시작됐다. 서기 800년 무렵, 로마제국에 이어 역사상 두 번째로 유럽을 통일한 그는 세 아들을 두었다. 샤를, 피핀, 루이가 바로 그들이다. 샤를마뉴 때의 영토는 지금의 프랑스, 독일, 이탈리아 북부를 합친 것만큼 넓었다. 교황은 그를 서로마제국 황제, 즉 신성로마제국의 황제로 인정했다.

샤를마뉴의 사망 이후 신성로마제국은 형제끼리 골육상쟁을 벌인다. 알자스로렌은 이때부터 지배자가 수시로 바뀌는 '도마 위 생선' 신세가 된다. 그 때문인지 알자스로렌은 좀 더 세부적으로 들어가면 구성이 복잡해진다. 19세기를 기준으로 할 때 남서부 로렌 지역은 프랑스 문화에 가까웠지만, 알자스 지역과 북동부 로렌 지역은 독일 문화에 가까웠던 것이다.

따라서 「마지막 수업」에서 나오는 슬픈 장면은 당시 알자스로렌 지방 사람이 겪었을 실제 감정과는 달랐다. 이 작품을 보고 식민지가 된 조국의 슬픔을 느꼈을 이병주 선생이나 우리의 감정과도 다르다. 알자스로렌이 최종적으로 프랑스의 영토가 된 것은 제2차 세계대전 이후다. 이곳은 예전에도 그랬지만 지금도 우중충한 분위기와는 거리가 멀다. 오히려 동화 속 마을처럼 아기자기하고 평화롭다.

인생을 뜨겁게 사랑했던 사람

·

교직을 그만둔 뒤, 도데는 기자를 꿈꾸던 세 살 위의 형과 함께 살며 시를 썼다. 그가 펴낸 시집 『연인들』이 꽤 호평을 얻어 《르피가로》의 기자가 되고 나폴레옹 3세의 대신이자 입법회의 의장이었던 모르니 후작의 지원도 받는데, 그 인연은 1865년 후작이 죽을 때까지 이어진다. 도데의 첫 소설은 1866년 나온 『꼬마 철학자』다. 하지만 이때까지만 해도 소설보다는 그 이후에 나온 희곡 『아를의 여인』과 『프로몽과 리제르』로 호평을 받았다. 『아를의 여인』은 조르주 비제가 유명한 무곡舞曲으로 만들 정도였다.

그런데 '아를' 하면 또 빼놓을 수 없는 예술가가 바로 고흐다. 고흐는 도데와 동시대를 살았는데, 실제로 그의 작품에 몹시 반했다고 한다. 도데의 작품에 감명을 받은 고흐는 「알퐁스 도데의 풍차 방앗간」이라는 제목의 그림을 두 점, 「아를의 여인」이라는 제목의 그림을 일곱 점이나 남겼다.

내가 사는 풍차 방앗간에서 내려가 마을로 가려면, 팽나무가 늘어선 커다란 뜰 저 끝에 난 큰길 농가 앞을 지나게 된다. 전형적인 프로방스 지방 자작농의 집인데, 붉은 기와지붕에 널찍한 갈색의 건물 앞면에는 불규칙하게 창문들이 나 있다. 꼭대기의 지붕 밑 방에는 바람개비와 건초 더미를 끌어 올리는 도르래가 달려 있고 건초 더미에서는 갈색 건초 다발 몇 단이 삐져나와 있는 것이 보인다.

알퐁스 도데, 『아를의 여인』(손주경 옮김, 고려대학교출판부, 2011)

또한 도데의 『타라스콩의 타르타랭의 놀라운 모험』(국내에서는 '따르타랭의 대모험'이라는 제목으로 출간된 적이 있으나 지금은 절판되었다)에 영감을 받아 그린 그림도 있다. 바로 「주아브 병사」다. 『타라스콩의 타르타랭의 놀라운 모험』은 타르타랭이라는 병사가 사자를 잡으러 아프리카 알제리로 떠나는 모험을 그린 시리즈 소설이다. 타라스콩은 아를 북쪽에 위치한 마을로 알필르 국립공원과 붙어 있다.

고흐는 이 작품에 깊은 인상을 받았는지 정신병원에 입원할 때에도 타라스콩과 가까운 아를로 갔다. 「주아브 병사」의 모델은 알제리 병사다. 그 병사는 휴가를 맞아 잠시 아를에 왔다가 부탁을 받고 포즈를 취했는데, 고흐는 그의 머리에 빨간색 세샤 모자를 씌웠다. 다음은 『타라스콩의 타르타랭의 놀라운 모험』의 한 구절이다.

친애하는 독자 여러분, 나는 화가였으면 한다. 두 번째 이야기에

빈센트 반 고흐, 「알퐁스 도데의 풍차 방앗간」(반 고흐 미술관 소장)

들어가기에 앞서, 프랑스와 알제리 사이를 건너는 사흘 동안 주아브호 뱃전에서 타르타랭의 머리 위에 얹힌 붉은 세샤 모자가 얼마나 다양한 모습을 보여주는지 여러분 눈앞에 선명하게 펼쳐 보일 수 있는 재능 있는 화가였으면 좋겠다. (······) 영웅의 머리 위에서 솟아오른 세샤 모자, 광풍과 바다의 짙은 안개 속에서 곤두선 푸른 모직의 술이 달린 그 세샤 모자.

일각에서는 도데의 작품에 나타나는 감수성이 영국의 찰스 디킨스와 유사하다고 말하기도 한다. 특유의 서정적인 분위기와 현실적인 등장인물의 조합이라는 측면은 비슷하지만, 일방적인 모방이라기에는 각자의 특색이 분명하다. 서민적인 색채를 띤 디킨스의 작품과 달리 도데의 작품은 보수적인 성향을 띤다. 아버지가 왕당파이기도 했지만, 도데 역시도 나폴레옹 3세의 비서직을 수행했을 정도로 보수적이었다.

말년에 쓴 도데의 소설 중 우리에게 잘 알려진 작품은 「황금 뇌를 가진 사나이」다. 1990년대 최고의 베스트셀러 중 하나인 위기철의 『논리야 놀자』 시리즈에 소개되어 더 잘 알려진 작품이다. 한 아이가 우연히 자신이 황금 뇌를 가졌다는 사실을 알게 된 후, 그것을 탕진하다가 결국 뇌가 없어져 비참하게 생을 마감한다는 내용이다. 이런 이야기를 쓴 데에는 도데가 매독을 앓았던 것도 영향을 미쳤을 것이다. 그는 열일곱 살 때 매독에 걸린 후 평생

빈센트 반 고흐, 「주아브 병사」(반 고흐 미술관 소장)

극심한 통증에 시달렸고, 서른아홉 살 때에는 척수 매독으로 번져 신경까지 손상되면서 다리을 잃게 된다. 몸의 균형을 잡을 수 없어 남의 도움을 받고서야 비틀거리며 걸을 수 있었다. 게다가 의학 기술이 발달하지 않은 당시 매독 치료제로 쓰이던 것은 맹독성의 수은이었다. 오랫동안 매독을 앓았던 도데는 수은 중독에까지 걸려 더욱 고통받았다.

통증을 견디다 못해 잠깐이라도 잠을 자기 위해서는 모르핀까지 맞아야 했던 도데는 결국 1897년에 세상을 떠난다. 그는 죽음을 앞두고 이런 말을 남겼다. "인생을 너무 많이 사랑한 나머지 신이 내게 벌을 주신 거야."

3부

위대한 인문주의의
고향을

산책하다

8장

르네상스를 대표하는 시가
개인적인 연애시였다고?

.

페트라르카와 아레초

이탈리아 토스카나 지방 곳곳에는 작고 아름다운 마을들이 있다. 이번 장에서는 그중에서도 아레초를 소개하려고 한다. 아레초는 보티첼리의 도시인 피렌체의 남동쪽에 위치해 있다. 반대쪽에는 보카치오의 체르탈도가 있고, 이 두 마을을 떠나 남쪽으로 쭉 내려가면 시에나가 나온다. 아레초, 체르탈도, 시에나, 피렌체가 동서남북으로 마름모꼴을 이루는 것이다.

　작은 마을인 아레초가 지금처럼 유명해진 데에는 1997년에 개봉해 칸 영화제와 아카데미 시상식 등에서 상을 휩쓸었던 화제의 영화 「인생은 아름다워」의 영향도 크다. 영화에서 귀도와 도라, 두 청춘 남녀 주인공이 처음 만난 곳이 바로 아레초의 그란데 광장이다. 그러나 영화 전반부에서 펼쳐지는 이들의 아름다운 사랑은 후반부에 제2차 세계대전이 시작되면서 완전히 뒤집힌다. 유대인인 귀도의 가족은 강제수용소로 끌려가고, 그 끔찍한 절망 속에서도 귀도는 웃음을 통해 자기 아들이 희망을 지닐 수 있도록 지켜준다.

아레초는 기원전 5세기 무렵 에트루리아인이 세운 도시다. 기원전 3세기 무렵 로마에 정복된 이후 로마군의 주둔지로 발전했다. 이 도시에는 크게 두 가지 자랑거리가 있는데, 그중 하나가 산 프란체스코 성당이다. 좀 더 정확히 말하면 산 프란체스코 성당 벽에 그려진 피에로 델라 프란체스카의 「성 십자가의 전설」이 대표적인 문화유산이다. 이 벽화는 보라지네 데 야코부스가 쓴 『황금 전설』을 토대로 그린 것인데, 이 책은 성경에 비견할 정도로 중요한 책이다. 유럽의 온갖 기담과 전설, 민담을 담은 보고라 할 수 있다. 개인적으로 유럽을 그 기원부터 깊이 이해하기 위해 반드시 읽어야 할 책으로 『일리아스』, 『오디세이』, 『성경』, 『황금 전설』을 든다.

산 프란체스코 성당의 벽화는 『황금 전설』에 등장하는 대표적인 이야기 열두 개를 그림으로 표현한 것이다. 페르시아로부터 예루살렘을 탈환한 비잔틴 제국의 황제 헤라클리우스를 다룬 「헤라클리우스 황제가 예루살렘을 되찾아온 뒤 찬미를 받는 성 십자가」에서 시작해, 「선지자 예레미야」, 「선지자 에스겔」, 「구덩이에서 유다라 불리는 유대인의 고문」, 「성 십자가의 매장」, 「수태고

지」, 「밀비오 다리 전투에서 막센티우스에게 승리하는 콘스탄티누스 황제」 등이 이어진다.

신에 대한 사랑을
인간에 대한 사랑으로

•

아레초에서 가장 높은 언덕에는 아레초 성당이 있다. 그 주변은 성곽이다. 푸른 숲이 언덕을 감싸고 있고, 도시국가 시절의 궁전들이 여기저기 흩어져 있다. 우리는 그중에서도 아레초 성당 바로 맞은편에 주목할 필요가 있는데, 바로 '휴머니즘의 아버지', '현대 서정시의 아버지', '인문주의의 선구자'로 불리는 프란체스코 페트라르카가 태어난 곳이기 때문이다. 그가 바로 산 프렌체스코 성당 벽화와 함께 아레초의 두 번째 자랑거리다. 14세기를 대표하는 인물인 그에 대한 평가를 살펴보자.

> 서양 시 문학사를 통틀어 수 세기 동안 끊임없이 이야기된 한 권의 책이 있다면, 바로 페트라르카의 『칸초니에레』다. 시적 정체성을 갖춘 서정시의 규범을 만들어냈다고 할 수 있는 한 권의 책이 있다면, 그 또한 페트라르카의 『칸초니에레』다.
>
> 로산나 벳타리니(이탈리아 르네상스 전문가)

페트라르카야말로 현대 서정시의 아버지이자 인문주의 문명의
아버지다.

비토레 브랑카(이탈리아 문헌학자)

페트라르카는 당대의 가장 위대한 인물이었으며, 전 인류 역사를
통틀어 보더라도 가장 위대한 인물 중 한 사람이다.

해치 윌킨스(미국 학자)

하지만 이처럼 내로라하는 학자들이 한목소리로 칭송하는 페
트라르카의 참모습을 우리나라에서 알기란 쉽지 않다. 대형 서점
도서 검색창에 '페트라르카'라는 단어를 입력하면 민음사와 나남
출판사에서 나온 시집 『칸초니에레』 두 종만 나올 뿐이고, 이마저
도 전편이 아닌 작품 일부만 선별해 번역한 것이다. 이것만으로는
그가 왜 그토록 위대한 인물로 손꼽히는지 도무지 알 수가 없다.

페트라르카의 역사적 중요성을 이해하려면 서양의 중세라는
개념을 알아야 한다. 사상적으로 중세의 문을 연 사람은 『신국론』
을 쓴 위대한 교부 철학자 아우렐리우스 아우구스티누스다. 서
기 413년부터 427년까지 무려 14년 동안 집필된 『신국론』은 완
역본만 1400쪽이 넘어 선뜻 첫 장을 넘기기가 두려울 정도다. 이
자리에서 그의 사상을 요약해 설명한다는 것은 상당히 무모한 짓
이지만 용기를 내본다.

서양 고대 사회를 지배한 말은 두 가지였다. 바로 소크라테스

의 "너 자신을 알라"라는 말과 예수의 "하느님 나라는 너희 가운데에 있다"라는 말이다. 전자는 끊임없는 지적 탐구와 비판 정신, 양심의 중요성을 강조하고 있고, 후자는 인간의 영혼이 가진 끝없는 가치를 밝히고 있다. 그런데 아우구스티누스는 이렇게 말한다. "신 안에서 안식을 얻을 때까지 인간은 평안할 수 없다."

그러나 그는 자신의 『고백록』에서 밝히듯, 젊은 시절 온갖 유혹에 빠져 방황했다. 그는 신을 마주하고서야 안식과 평안을 얻는다. 아우구스티누스가 『신국론』을 집필하기 직전인 410년 제국의 수도 로마가 자신들이 '야만족'이라 부르던 서고트족에게 약탈당하는 사건이 일어난다. 당시 로마인은 충격에 빠졌다. 그리고 이렇게 수군거렸다. "세계 최강의 제국 로마가 전통적인 다신교 신앙을 버리고 기독교를 받아들인 징벌이다."

313년 로마제국이 콘스탄티누스와 리키니우스 황제의 밀라노 칙령으로 기독교 국가가 된 것이 쇠퇴의 원인이라는 것이다. 이에 아우구스티누스는 궁극적으로는 기독교를 믿는 '신의 나라'가 이교도의 '지상의 나라'를 물리치고 승리할 것이라며 기독교를 옹호했다. 그리고 이후의 역사에서 기독교는 그의 말대로 승리를 거두고 '빛'이 되었으며, 로마의 이교도가 남긴 유산은 '어둠'이 됐다. 그러나 이후 르네상스가 올 때까지 무려 천 년이라는 긴 시간 동안, 유럽 문명의 수준은 그리스·로마가 쌓아올린 것과는 비교도 할 수 없을 정도로 쇠락한다.

174

피에로 델라 프란체스카, 「성 십자가의 전설」(산 프란체스코 성당 소장)
유럽의 온갖 기담과 전설, 민담을 담은 『황금 전설』에 나오는 대표적인 이야기를 그린
벽화 중 일부다. 예루살렘에서 그리스도가 매달렸던 성 십자가를 발견하는 모습을 그렸다.

산드로 보티첼리, 「성 아우구스티누스」(피렌체 오니산티 성당 소장)
아우구스티누스는 교부 철학자로 기독교에서 존경받는 성인이다.
신학과 철학을 모두 중시한 그의 태도는 중세 스콜라학파에 큰 영향을 준다.

페트라르카는 그렇게 아우구스티누스가 열어젖힌 중세의 문을 닫고, 처음으로 근대의 문을 연 사람이다. 혹자는 둘의 관계를 이렇게 비유한다. "아우구스티누스는 기독교가 로마제국에 해가 되지 않는다는 것을 입증했고, 페트라르카는 고대 그리스·로마 문학이 기독교 세계에 해가 되지 않는 것을 입증했다."

역설적이게도 페트라르카가 손에서 놓지 않은 책이 바로 『신국론』을 비롯한 아우구스티누스의 여러 저작이었다. 그는 『나의 비밀』에서 자신이 아우구스티누스와 가상 대화를 즐긴다고 밝힌다. 페트라르카는 아우구스티누스나 베르길리우스, 오비디우스의 책을 읽으며 영성의 위기를 극복한 것이다.

이처럼 페트라르카는 독실한 가톨릭 신자였지만 고대 로마 문학에도 깊은 관심을 가지고 있었다. 책을 수집해 편집하고 번역했으며, 로마 문학을 시대에 걸맞게 바꾼 라틴어 저작을 내놓기도 했다. 책에서 성경에 나오는 인물이나 구절을 인용하는 대신 로마의 신화와 인물과 책을 인용해 근거로 삼았는데, 당시로서는 대단히 신선하고 파격적인 행위였다.

페트라르카는 유럽 여러 왕실로부터 왕족 대우를 받았고, 1340년 로마와 파리에 의해 계관시인으로도 추대된다. 1345년, 그는 로마 철학자 키케로의 서간집을 발견한 뒤 '키케로 문체'의 편지를 쓰고 한데 묶었다. 왕이나 왕비, 교황과 추기경, 주교뿐만 아니라 호메로스나 키케로와 같은 역사 인물에게도 수백 통의 편

우피치 미술관에 있는 페트라르카의 동상

FRANCESCO PETRARCA

지를 씀으로써 유럽에 편지 열풍을 불러일으켰다.

그가 남긴 작품 중에서도 역시 압권은 『칸초니에레』다. '노래 책'이라는 뜻을 가진 이 시집에서 그는 소네트 양식을 완성한다. 소네트란 압운 체계를 지닌 14행 서정시다. 그의 소네트는 훗날 라이너 마리아 릴케나 존 밀턴에게 영향을 미쳤으며, 셰익스피어 도 그에게 자극을 받아 '셰익스피어 소네트'를 완성한다. 『칸초니 에레』의 첫 번째 시를 살펴보기로 한다.

> 흩어진 운율의 소리를 듣는 여러분,
>
> 그것은 내가 조금은 다른 사람이었던 시절,
>
> 방황하던 내 젊은 시절,
>
> 영혼을 가득 채우던 한숨 소리입니다.
>
> 헛된 희망과 슬픔 사이에서
>
> 온갖 방식으로 떠들고 눈물 흘리며
>
> 시련을 통해 사랑을 이해하는 모든 이에게,
>
> 나는 동정과 용서를 구합니다.
>
> 이제는 분명하게 압니다.
>
> 이것이 많은 이들 사이에 있었던 오래된 이야기라는 것을.
>
> 그 사실은 종종 나를 부끄럽게 만듭니다.
>
> 부끄러움은 내 허영의 열매입니다.
>
> 세상 모든 기쁨이 얼마나 짧은 꿈인지에 대한

후회이자 명확한 깨달음입니다.

『칸초니에레』는 모두 366편의 시로 이루어져 있다. 서두의 시를 제외하면, 365편으로 한 해를 상징한다. 고전들 중에는 이처럼 형식을 중요하게 생각한 것이 많은데, 예를 들면 단테의 『신곡』은 지옥, 연옥, 천국 편이 각각 33곡으로 서장을 포함해 모두 100곡으로 구성되었고, 보카치오의 『데카메론』 또한 100편의 짧은 이야기로 구성되었다.

페트라르카는 1374년에 숨지기 직전까지 모두 366편의 시를 썼는데, 이 중 317편이 소네트 형식이다. 시의 주제는 무척 다양한데, 사랑, 삶과 인생에 대한 성찰, 동생과 친구에 대한 헌시, 조국에 대한 사랑, 부패한 교황청에 대한 비판 등이다. 그중 가장 압권은 사랑에 관한 시인데, 바로 단테에겐 베아트리체가, 보카치오에겐 피암메타가 있었다면 페트라르카에겐 라우라가 있었다. 르네상스를 대표하는 작품 『칸초니에레』는 바로 자신이 평생 짝사랑했던 라우라에게 바친 헌시를 모은 시집이었던 것이다.

둘의 관계를 알아보기 전에 페트라르카가 라우라에게 바친 소네트를 한 편 감상해보자. 페트라르카가 라우라에게 빠져든 것은 1327년의 일이었다. 프랑스 아비뇽의 성 클레르 성당에서 미사를 마치고 나오던 라우라를 보고 한눈에 반한 것이다.

창조주의 동정으로

태양이 빛을 잃은 그날,

나는 사로잡혔고, 스스로를 방어할 수 없었네.

당신의 사랑스러운 눈이 나를 사로잡았기에.

나 자신을 지킬 수 있는 시간이 아니었지,

사랑의 화살에 맞설 수 없었네.

그로부터 내 고통은

시작되었네, 무수한 슬픔 속에서.

사랑은 무기력한 나를 발견했고,

심장으로 들어가는 길을 두 눈을 통해 열어젖혔네.

그것은 눈물의 통로로 만들어졌지.

그런데 사랑은 내게 작은 존중도 보여주지 않았네.

화살로 그렇게 날 상처 입히고도,

무장을 한 당신에게는 활조차 보여주지 않았기에.

『칸초니에레』 3번

고통과 절망 속에서도
사랑을 노래하다

•

앤 트루벡의 『헤밍웨이의 집에는 고양이가 산다』라는 책에는

다음과 같은 구절이 나온다.

> 집이야말로 문학적 관음증, 숭배 혹은 더 거칠게 말하자면, 문학 포르노와 엮이기에 가장 좋은 장소다. 이탈리아 아레초 마을은 페트라르카가 태어난 집을 생가로 보존했지만, 페트라르카는 거기에 산 적도 없었고 생전에 관심을 보이지도 않았다.
>
> 앤 트루벡, 『헤밍웨이의 집에는 고양이가 산다』(이수영 옮김, 메디치미디어, 2013)

이 말은 반만 맞는다. 페트라르카의 아버지는 피렌체의 서기이자 공증인이었다. 그는 1302년 피렌체가 백당과 흑당으로 갈려 싸우게 되자 대대로 살아온 고향을 떠날 결심을 하고, 1304년 아레초로 옮겨와 페트라르카를 낳는다. 그리고 1309년, 프랑스 왕의 압력으로 교황청이 아비뇽으로 이전한 아비뇽 유수가 일어나자 그의 가족도 교황청을 따라간다.

이런 점을 생각하면 페트라르카의 생가는 아레초지만, 그가 성장한 무대는 아비뇽과 대학교를 다닌 몽펠리에, 즉 프랑스 프로방스 지방이다. 페트라르카의 아버지는 자식이 법학을 공부해 자기 뒤를 잇기를 바랐지만, 페트라르카는 1316년 몽펠리에대학교를 거쳐 4년 뒤 볼로냐대학교에 진학할 무렵 이미 문학에 심취해 있었다.

문학에 빠져 한가로운 시절을 보내던 페트라르카에게 충만한

아비뇽의 교황궁 광장
13세기에 시작된 교황권과 왕권의 대립은 성직자 과세 문제로 표면화된다. 결국
프랑스 왕에 의해 약 70년간 교황청이 아비뇽으로 옮겨지면서, 교황권은 큰 타격을 받는다.

기쁨과 찢어질 듯한 고통이 함께 찾아온 것은 앞서 살펴본 것처럼 1327년 4월 6일 성 금요일이었다. 페트라르카의 영원한 뮤즈였던 라우라가 실존 인물인지에 대해서는 논쟁이 있었다. 지금까지 가장 유력한 가설로는 위그 드 사드 백작의 부인 로르 드 노브라는 것이다. 로르, 즉 라우라는 '사디즘'이라는 단어의 어원이 된 그 유명한 사드 후작의 조상이다. 또한 우리가 1장에서 다룬, 보티첼리의 작품 「봄」에 나오는 비너스의 모델이 라우라라는 이야기도 있다. 어찌 되었든 라우라는 페트라르카를 꽤나 냉정하게 대했던 것 같다. 『칸초니에레』 5번은 라우라의 이름을 따서 사랑을 고백하는 걸작이다. 아래 시는 영시를 중역한 것이지만, 간접적으로도 원작의 뛰어난 문학성을 느낄 수 있다.

> 내가 한숨을 쉬면서 당신을 부를 때,
> 사랑이 내 심장에 새겨놓은 이름으로
> 달콤한 첫 음절이 들리기 시작합니다.
> '찬미(LAUdable)하라.'
> 다음으로 만난 것은, 지고의 임무를 다하도록 내 힘을 배가시키는
> 제왕(REgal)의 품격.
> 그러나 마지막에 울리는 것은 침묵. 그에게 영광 돌리는 일은
> 네 어깨보다 더욱 강한 이의 몫.
> 누군가 그대의 이름을 부를 때마다

로르 드 노브의 초상(피렌체 라우렌치아나 도서관 소장)

이름 자체로 찬미(LAUdable)하고, 숭배(REvere)할 만한

그대, 오, 모든 존경과 명예를 받을 분이여. (……)

『칸초니에레』 5번

사랑스러운 두 눈이 나를 들이쳤으니,

또한 그 두 눈만이 유일하게 그 상처를 치유할 수 있지.

약초나 마법의 힘도,

또는 바다 너머로부터 온 병을 치료하는 돌의 힘도 아닐 터. (……)

『칸초니에레』 75번

　1330년 무렵, 페트라르카는 실연과 가난에 시달리는 상태였다. 그래서 평생 안정된 생활을 보장받는 성직자의 길을 택했고, 여러 고위 성직자나 귀족과도 친분을 맺게 된다. 성직자의 신분이었지만, 그는 두 명의 사생아를 두었다. 아들 조반니가 1337년, 딸 프란체스카가 1343년에 태어났다. 두 아이의 어머니가 같은지는 확실하지 않다.

　아들 조반니가 태어나던 해, 페트라르카는 교황청 대사의 임무를 수행하러 로마를 찾았다가 영감을 얻는다. 그리고 로마의 장군 스키피오 아프리카누스를 소재로 한 첫 번째 대작이자 걸작 시 『아프리카』를 집필하기 시작한다. 스키피오는 로마와 카르타고가 지중해의 패권을 놓고 겨룬 제2차 포에니 전쟁(기원전 218년~기원전 202년)에서 로마를 큰 위기로 몰아넣은 불세출의 명장 한니발을

격파한 인물이다.

이 작품으로 페트라르카는 계관시인이라는 큰 영예를 누린다. 앞서 언급한 것처럼 그는 로마와 파리에서 계관시인으로 서임한다는 제의를 받고 추기경의 자문을 구한 다음, 1341년 4월 8일 로마 캄피돌리오 청사에서 성대한 의식을 치르고 계관시인의 자리에 오른다.

페트라르카가 평생 사모했던 스승은 앞서 말한 것처럼 아우구스티누스와 키케로였다. 페트라르카는 몽펠리에대학교에 다닐 무렵 책을 통해 키케로의 존재를 알게 되었는데, 1345년 베로나 대성당 도서관에서 우연히 읽게 된 키케로의 서간집을 통해 그의 진가를 더 절실히 깨닫게 된다. 그것은 이전까지 잘 알려진 윤리적·철학적으로 완벽하고 철저한 원칙주의자로서의 키케로가 아니라, 정치적·심리적 측면에서 나약하고 모순투성이의 키케로를 보여줬다. 키케로의 인간적인 모습에 페트라르카는 실망은커녕 오히려 그에게 더욱 깊이 빠지게 된다. 나약하고 불완전할 수밖에 없는 인간 본성에 관심이 있었던 페트라르카는 키케로를 통해 더 깊은 성찰을 하게 된 것이다.

페트라르카는 몇 번이고 반복해서 라우라에게 사랑을 고백하는 장면을 그렸다. 먼 훗날, 백발이 된 라우라에게 마침내 용기를 내어 사랑을 고백하는 장면을 가정한 소네트도 남겼다.

쓰디쓴 고통과 눈물의 삶이

더욱 조롱당하고 문제를 일으킨다면

나는 볼 수 있을 겁니다. 아가씨, 노년이 된 당신의

아름다운 눈빛이 바래버린 것을

황금빛 머리칼이 백발이 된 것을

꽃단장과 녹색 드레스를 멀리하는 것을

섬세한 얼굴이 흐릿해지는 것을.

이런 것들은 나를 두렵고 망설이게 만듭니다.

그때 사랑이 용기를 주리니

나는 당신에게 내 고통을 밝힐 것입니다.

얼마나 많은 해와 날과 시간 동안 그랬는지를.

비록 시간은 아름다운 열망을 거스르겠지만,

그것이 내 슬픔을 키우지는 않습니다.

다만 작은 한숨을 내쉴 뿐.

『칸초니에레』 12번

그러나 페트라르카의 바람과 달리, 라우라는 1348년 서른여덟의 나이에 페스트로 사망하고 만다. 그의 남편은 얼마 지나지 않아 냉큼 재혼했다. 페트라르카는 시간과 죽음의 무심함 앞에 인간이 무기력할 수밖에 없음을 더욱 뼈저리게 알게 되었다. 이제 페트라르카에게 남은 것은 절망과 고통, 절대적인 고독뿐인 듯했다.

인생은 날아가 버려, 잠시도 머물지 않지.

죽음은 어두운 나날 뒤에 찾아오네.

눈앞의 것과 지나가버린 것,

앞으로 올 것이 함께하네.

기억과 기대가 내 마음을 사로잡으니,

바로 지금 이쪽 혹은 저쪽에서.

내가 스스로 동정하지 않았더라면

벌써 이 세상 사람이 아니었을 터,

슬픔을 아는 단맛이 내게 돌아온다.

삶의 다른 지점에서는

폭풍우가 치는 것이 보이네.

항구에 닿을 기회도 없고,

조타수는 지쳤으며 돛대와 밧줄은 끊어졌네.

그리고 내가 바라보던 아름다운 별도, 이제는 빛을 잃었구나.

『칸초니에레』 272번

　　페트라르카는 일흔 살 생일을 하루 앞둔 1374년 7월 19일 펜을 손에 쥔 채로 세상을 떠났다. 그는 친구에게 보낸 편지에서 자신의 영향으로 세상 사람들이 책을 읽고 펜을 들어 글을 쓰는 습관이 마치 페스트처럼 번지고 있다며 자랑스러워한 적이 있었는데, 과연 최후의 순간까지 페트라르카는 읽고 쓰는 인간이었다.

마지막으로 『칸초니에레』 16번 시를 감상해보자. 시에서 삶을 얼마 남겨놓지 않은 백발노인이 된 페트라르카는 마지막 여정이 될 순례의 길을 떠나, 천국에서 성녀가 된 연인을 만날 것을 꿈꾼다. 처절한 고통과 절망 속에서도 사랑을 꿈꾸고 희망을 놓지 않았던 위대한 인간을 낳은 아레초의 광장은 방문자에게 인생은 아름다우며 사랑은 더욱 아름답다고 조용히 되뇌고 있는 것 같다.

어리석은 백발노인이 길을 떠나네.

달콤한 고향, 그가 평생 살아온 곳과

사랑하는 아버지가 실패한 것을 보고

실망으로 가득 찬 가족 곁을 떠나.

그리고 거기서 자신의 사지를 이끄네.

생애 마지막 날까지

죽기 살기로 몸을 추스르며

세월에 닳고 여정에 지치더라도.

소망대로 그렇게 로마에 도착하면,

그분의 모습을 그리고 바라보면서

저 멀리 천국에서 다시 만나기를 희망하네.

아, 사랑하는 사람이여, 가엾은 나는 아직도 찾고 있습니다.

가능한 다른 사람의 모습에서,

그토록 간절히 바랐던 그대의 모습을.

9장

지옥과 천국을 여행하는 데
걸리는 시간은?

.

단테와 피렌체

"그는 최고의 기독교적 상상력을 지닌 시인이다."

두란테 알리기에리, 바로 단테에게 윌리엄 버틀러 예이츠는 이런 헌시를 바쳤다. 또한 T. S. 엘리엇은 이렇게 말했다. "호메로스, 단테, 셰익스피어를 모르면 근대시를 이해할 수도 비판할 수도 없다.", "단테와 셰익스피어가 근대를 나누어 가졌다. 제3자는 존재하지 않는다."

노벨 문학상을 수상한 내로라하는 시인들이 이렇게 한목소리로 찬양하는 단테는 어느 정도의 인물일까? 우리가 잘 알고 있는 셰익스피어는 1564년에 태어나 1616년에 죽었다. 그런데 단테는 그보다 299년 전인 1265년에 태어나 1321년에 죽었다. 엘리엇의 표현대로라면, 최소한 셰익스피어 이전 300년 동안은 단테가 유럽 문학계의 독보적인 '황제'로 군림했다는 것이다.

살아생전 단테는 피렌체의 정치가로서 명성이 더 높았다. 작가로서의 명망을 만들어준 대작은 『신곡』으로, 원래 제목은 '라 코메디아la Commedia'다. 이탈리아어로 희극이라는 뜻이다. 그리스 디오니소스 축제 때 상연된 극 중에서 풍자를 하거나 해피엔딩으로 끝나는 극 장르를 말한다. 여기에 '신에게 바친', '신성한'이라는 형용사 '디비나Divina'를 붙인 이가 『데카메론』의 저자 보카치오다. 단테보다 50년 늦게 태어난 보카치오는 그를 몹시 흠모했다. 단테의 일생에 관한 『단테의 삶』이라는 책도 썼고, 1374년에는 『신곡』을 주제로 공개 강연도 시작했다. 그 자리에서 보카치오는 단테에게 '시성Divino Poeta'이라는 호칭을 바쳤다. 바로 그 영향으로 1555년 베네치아에서 출간된 인쇄본부터 '라 디비나 코메디아la Divina Commedia', 즉 지금의 『신곡』이라는 제목을 달게 되었다.

『신곡』의 문을 여는
네 가지 열쇠

•

처음으로 『신곡』을 읽겠다고 마음먹었을 때, 책을 즐겨 읽는 한 친구가 "쉽지 않을 텐데…"라며 탄식했던 것이 기억난다. 그만큼 책깨나 읽는다는 사람에게도 『신곡』은 쉽지 않다. 나 역시 작심하

피렌체의 팔라초 베키오
단테가 근무하던 곳으로 입구 좌우에 미켈란젤로가 만든 다비드상(왼쪽)과
헤라클레스와 카쿠스상(오른쪽)이 보인다. 이곳의 다비드상은 모조품이다.

단테의 생가로 가는 길

사실 단테가 원래 살던 집은 사라졌다. 현재의 생가는 그가 살았을 것으로 추정되는 곳의
건물을 피렌체시에서 사들여 박물관으로 운영하고 있다.

고 책을 펼쳤음에도, '866'이라는 숫자가 적힌 마지막 장을 덮을 때까지 친구의 말이 계속 뇌리에 남았다. 인류사에 남을 고전 명작임에도 독파가 쉽지 않은 것은 단순히 분량 때문이 아니었다. 말로 설명하기보다는 『신곡』에 등장하는 문장을 직접 살펴보는 편이 이해가 빠를 것이다.

> 싸움터를 떠나서 종려나무 잎을 받기까지 나를 떠나지 않았던 이 덕에 대해, 여전히 사랑의 불에 타고 있는 나는 그 사랑에 의해 그대에게 다시금 말한다. 그대는 이 덕을 기꺼이 따르고 있으니, 이 소망이 그대에게 약속한 바가 무엇인지 말해준다면 좋겠다. (······) 그리스도께서 세 분에게 영예를 내리실 때마다 당신의 소망을 상징하셨다는 것은 당신이 알고 있는 바 그대로입니다.
>
> 단테 알리기에리, 『신곡』 「천국편」 25곡 (허인 옮김, 동서문화사, 2007)

문장만으로는 무슨 뜻인지 쉽게 이해가 되지 않는다. 여기서 중요한 것은 문장 속에 숨겨진 뜻이다. '싸움터'란 기독교도의 일생을 말한다. 로마에서 박해받던 기독교도처럼 세상에 박해받는 삶을 떠올릴 수 있다. '종려나무 잎'은 나귀를 타고 예루살렘에 입성한 예수를 반길 때 썼던 물건으로, 여기서는 서기 62년 예루살렘에서 순교한 야고보의 굳건한 신앙을 상징한다.

뒤의 문장에서 나오는 '세 분'은 각각 기독교에서 말하는 세 가지 덕을 담당하는 사도인 베드로(믿음), 야고보(소망), 요한(사랑)을 가리킨다. 그뿐 아니라 그들은 천국에서 그리스도를 직접 만나는 영광도 얻었다는 뜻이 담겨 있다. 이러한 예문은 『신곡』을 이해하는 첫 번째 열쇠가 바로 성경 지식이라는 것을 알 수 있다.

> 선량한 영혼이 여기서 강을 건넌 적은 없었다. 그러니 카론이 꾸짖었다면, 그것이 무슨 뜻인지 너는 이미 짐작하고 있을 것이다.
>
> 단테 알리기에리, 『신곡』 「지옥편」 3곡(허인 옮김, 동서문화사, 2007)

> 헥토르와 아이네이아스는 안면이 있었다. 갑옷으로 무장한 카이사르는 매 같은 눈을 하고 있다. 펜테실레이아도 보였고, 다른 곳에는 라티누스 왕이 공주 라비니아와 앉아 있는 것도 보였다. 타르퀴니우스를 몰아낸 브루투스도, (……) 그리고 모두에게서 떨어져서 외롭게 있는 살라딘의 모습도 보였다.
>
> 단테 알리기에리, 『신곡』 「지옥편」 4곡(허인 옮김, 동서문화사, 2007)

위의 첫 번째 인용문에 나오는 강은 그리스 신화에서 망자가 사후에 건너게 되는 강인 '아케론강'이다. 카론은 이 슬픔과 근심의 강을 왕복하는 뱃사공이다. 그가 단테를 꾸짖은 것은 산 사람은 결코 그의 배를 타고 강을 건널 수 없기 때문이다.

두 번째 인용문에 나오는 이름은 모두 그리스 · 로마 신화나 역사에 등장하는 인물들이다. 헥토르는 트로이 국왕 프리아모스의 아들이자 트로이군의 총사령관으로서 아테네군의 아킬레우스에게 살해당한 영웅이다. 아이네이아스 역시 헥토르를 도왔던 인물로 트로이 전쟁이 끝난 이후 이탈리아로 건너가 로마의 시조가 되었다는 이야기가 전한다. 펜테실레이아는 여성으로만 구성된 전설의 왕국 아마존의 여왕으로 트로이 전쟁 당시 프리아모스를 돕다가 아킬레우스에게 죽임을 당한 인물이고, 라티누스는 이탈리아 라티움의 왕으로 아이네이아스와 자기 딸 라비니아를 결혼시킨 사람이다.

타르퀴니우스 이후로 거론되는 인물은 모두 실존 인물로서 타르퀴니우스는 로마 왕국 최후의 왕이고, 브루투스는 그를 몰아내고 로마 공화정을 창시했다. 살라딘은 제3차 십자군(1187~1192년) 전쟁 당시 '사자왕' 리처드 1세가 이끄는 기독교군을 물리친 인물이다. 이 이교도 영웅에게 단테는 "모두에게서 떨어져 외롭게 있는"이라는 유머러스한 수식어를 붙였다.

위와 같은 예문들은 『신곡』을 이해하는 두 번째 열쇠가 그리스·로마 신화는 물론 유럽의 역사와 인물, 그들의 관계에 대한 폭넓은 사전 지식이라는 것을 말해준다.

방자한 창부가 그 위에 앉아 사방에 추파를 던지면서 눈앞에 나타났다. 그리고 그 옆에는 계집을 누구에게도 빼앗기지 않으려는 듯한 태세의 거인 하나가 버티고 서 있었다. 그들은 내가 보는 앞에서 여러 번이나 입을 맞추었다. 그러나 계집이 음란한 눈을 파뜩 나에게로 돌리자, 흉포한 정부는 계집을 머리서부터 발끝까지 후려쳤다. 의심과 분노로 미쳐 날뛰는 거인은 괴물로 변한 수레를 나무에서 풀어 숲속으로 끌고 들어갔다.

단테 알리기에리, 『신곡』 「연옥 편」 33곡(허인 옮김, 동서문화사, 2007)

몰인정하고 사악한 계모 때문에 히폴리토스가 아테네에서 쫓겨났듯이, 너도 마찬가지로 피렌체에서 쫓겨날 것이다. 모의가 이루어지고 계획도 이미 짜여 있으므로 머지않아 실행에 옮겨지리라. 날마다 그리스도가 매매되는 곳에서 그 자가 생각했느니라. 세상일이란 매양 그러하지만 패한 당파는 세상의 소리 높은 비난을 받을 것이다.

단테 알리기에리, 『신곡』 「천국 편」 17곡(허인 옮김, 동서문화사, 2007)

위의 인용문에서 '창부'는 부패한 로마 교황청과 당시 교황 보니파시오 8세, '거인'은 프랑스 왕 필리프 4세를 말한다. "숲속으로 수레를 끌고 들어갔다"라는 구절은 1309년 교황청이 프랑스 왕의 의해 로마에서 아비뇽으로 강제로 옮겨진 아비뇽 유수 사건을 가리킨다.

두 번째 인용문에서 "그리스도가 매매되는 곳"이라고 일컫어

지듯 당시 교황청은 부패한 성직자가 온갖 죄를 자행하는 곳이었다. 여기서 단테의 비극적인 앞날을 예고하는 사람은 단테의 고조할아버지의 영혼이다. 단테는 당시 교황과 황제의 극심한 대립 속에서 온건파 백당을 이끌었는데, 급진파인 흑당의 음모에 걸려들고 만다. 그는 오늘날의 국무장관 격인 피렌체의 프리오레 자리에서 쫓겨났을 뿐 아니라 피렌체로부터 영구 추방을 당해 평생 떠도는 삶을 살아야 했다. 20여 년 가까운 망명 생활 동안 단테는 고향을 떠나 베르나, 라벤나 등을 전전했다. 이 고통을 그는 『신곡』「천국 편」 17곡에서 이렇게 읊는다. "남의 빵이란 얼마나 쓰며, 또 남의 계단을 오르내리는 일이 그 얼마나 힘든지."

그는 1321년 라벤나 영주의 요청으로 베네치아에 외교사절로 파견됐다가 말라리아에 걸려 그해 9월 세상을 떠난다. 그의 시신은 라벤나의 성 프란체스코 성당 한 모퉁이에 묻혔다. 단테의 묘비는 그가 죽은 지 160년이 지난 1483년에서야 베네치아의 집정관 베르나르도 벰보에 의해 세워졌는데, 거기에는 단테가 쓴 글귀가 새겨졌다. "여기 나 단테가 고국에서 추방되어 누워 있다." 훗날 피렌체는 단테의 시신을 돌려달라고 요구했으나 핀잔만 듣게 된다. 즉, 지금 피렌체 산타 크로체 성당에 있는 단테의 무덤은 가묘다. 거기엔 이런 문구가 새겨져 있다. "가장 고귀한 시인을 경배하라."

그 밖에도 『신곡』에는 점성술사나 마법사 등 유명하지는 않지

단테의 가묘가 있는 산타 크로체 성당
고향인 피렌체에는 정작 단테의 시신이 없다. 고향으로부터 영원한 추방을 당한 그는 지금
도 여전히 라벤나에 잠들어 있다.

만 단테와 관련된 인물도 불쑥불쑥 등장한다. 그들은 지옥이나 연옥, 천국으로 보내지는데, 아마 단테와의 개인적 친분 여부가 큰 영향을 미친 것 같다. 정적에게 앙갚음하려는 마음도 있었을 것이다. 이처럼 단테의 생애를 알면 『신곡』을 읽는 또 다른 재미를 느낄 수 있다.

이처럼 당대 유럽 정세와 역사 인물, 그리고 단테 개인의 삶과 주변 인물에 대한 이해도 『신곡』을 온전히, 또 재미있게 읽을 수 있게끔 만들어주는 세 번째, 네 번째 열쇠다.

지옥, 연옥, 천국을 여행하다

·

『신곡』을 읽다 보면 그가 구축한 세계의 방대한 구조에 놀라게 된다. 『신곡』은 서장 격인 1곡을 시작으로 지옥, 연옥, 천국이 각각 33편씩 되어 있다. 이는 페트라르카의 『칸초니에레』나 보카치오의 『데카메론』의 구조와 같다.

"인생의 중반기에 올바른 길을 잃고 헤매던 내가 눈을 떴을 때는 어느 컴컴한 숲속이었다." 이렇게 시작되는 『신곡』의 도입부를 이탈리아어로 읊으면 레스토랑에서 공짜 식사를 즐길 수 있다는 전설 같은 이야기가 있다. 물론 그게 사실인지는 시도해본 적이 없어서 잘 모르겠다.

눈을 뜬 뒤 컴컴한 숲속을 헤매는 단테의 앞을 표범과 사자와 이리가 가로막는다. 각각 음란과 오만과 탐욕을 상징한다. 이때 한 사람이 나타난다. 로마의 위대한 시인 푸블리우스 베르길리우스다. 그가 스스로를 "안키세스의 정의로운 아들 아이네이아스를 노래했다"라고 소개하자, 단테는 그에 대한 한없는 존경심을 이렇게 표현한다. "당신이 바로 베르길리우스, 벅찬 강물처럼 모든 말의 원천이 되었던 분입니까? 오, 시인의 명예이자 빛인 당신. 오랫동안 간절한 열망과 큰 애정으로 당신의 시집을 읽었습니다. 당신은 내 스승입니다. 내게 명예를 안겨준 아름다운 문체는 오직 당신에게 배운 것입니다."

베르길리우스가 단테 앞에 나타난 것은 평생 연모했던 베아트리체의 부탁 때문이었다. 평생 존경하던 시인을 여행 동지로 만든 단테는 작품에 은근슬쩍 자기자랑을 남기기도 한다. 그는 베르길리우스와 다른 위대한 시인들이 한데 어우러진 자리를 다음과 같이 묘사한다.

착한 스승(베르길리우스)이 천천히 입을 열었다. "다른 세 사람 앞에 서서 왕자처럼 손에 칼을 들고 오는 사람을 보라. 저자가 시인의 왕 호메로스다. 다음에 오는 이가 풍자시인 호라티우스, 오비디우스가 셋째이고 맨 끝이 루카누스다. 아까 나를 부른 '시인'이라는 한마디의 이름을 이분들과 같이 나누고 있다. 이들이 나에게 경의를 표한 것은 고마운 일이야."

다른 새들보다 높이 하늘을 나는 매와 같은, 그 숭고한 시의 왕자
가 이끄는 훌륭한 일행이 만나는 광경을 나는 목격했다. 다섯 사
람은 잠시 이야기를 나누더니, 내 쪽을 돌아보고 손짓으로 인사를
했다. 스승도 빙그레 미소를 지었다. 그리고 내게 분에 넘치는 영
광을 베풀어, 이 현자들의 여섯 번째 사람으로 그들 모임에 초대
했다.

단테 알리기에리, 『신곡』 「지옥편」 4곡(허인 옮김, 동서문화사, 2007)

  여기서 잠시 이번 장의 제목에서 언급한 질문의 답을 찾아보자.
우리가 만약 지옥과 연옥, 천국을 모두 여행한다면 시간이 얼마나
걸릴까? 단테의 여행은 1300년, 부활절인 성 금요일 저녁에 시작
되어, 다음 주인 목요일 아침까지 일주일 동안 계속된다. 단테에
따르면 앞선 질문의 답은 일주일인 셈이다.

  당시 사람들은 지구의 절반은 육지이고 나머지 절반은 바다라
고 생각했다. 육지는 예루살렘을 중심으로 서쪽은 지브롤터 해협
또는 스페인의 카디스, 동쪽은 인도의 갠지스 강이 끝이라고 생각
했다. 그리고 예루살렘에서 지구의 중심을 향해 밑으로 쭉 내려가
면 지옥과 연옥이 펼쳐진다.

  먼저 지옥은 모두 아홉 개로 구성되어 있는데, 특이하게도 지옥
이면서도 형벌을 받지 않는 사람들이 머무는 '림보'라는 곳이 있

다. '비통의 깊은 골짜기'라는 뜻으로, 메시아인 예수가 이 세상에 오기 전에 살다 죽어서 세례를 받지 못하는 바람에 천국에는 갈 수 없지만, 덕을 갖춘 훌륭한 삶을 살았던 이들이 머무는 곳이다. 베르길리우스 역시 림보의 주민이다.

연옥은 산의 형태로 되어 있는데, 밑바닥부터 파문된 사람, 임종에서야 회개한 자, 교만한 자, 시기한 자, 분노한 자, 게으른 자, 탐욕하고 낭비한 자, 탐식한 자, 욕정에 사로잡힌 자 등등이 죄가 사면될 때까지 머무는 곳이다.

『신곡』을 읽다 보면 지옥이나 연옥은 어느 정도 머릿속으로 이미지를 그려 상상하는 것이 가능하다. 우리가 알고 있는 여러 문화를 토대로 묘사하고 있기 때문이다. 그런데 천국의 모습은 이와 전혀 다르다. 월천, 수성천, 금성천, 태양천, 화성천, 목성천, 토성천, 항성천, 원동천을 거쳐 하느님이 머무는 지고천에 이르는데, 당대의 천문학적 지식과 관련된 설명이 계속 튀어나오고 단테의 박물학적 지식이 총동원되어 읽기가 다소 버겁다. 그럼에도 한 가지 흥미로운 것은 천국의 인물 배치다. 다음 장면을 살펴보자.

어머니이신 동정녀, 당신 아들의 따님이시여. 어느 피조물보다 겸허하고도 가장 존귀하시며 영원한 신의 뜻이 정하신 대상이시여…. 지금 그(단테)가 하느님을 뵈옵기를 바라는 마음은 제가 하느님을 뵈옵기를 바랄 때보다 더욱 간절하오니, 여기 모든 기도를 바쳐 모자람이 없기를 바라옵니다.

단테 알리기에리, 『신곡』「천국편」 33곡(허인 옮김, 동서문화사, 2007)

성 베르나르가 성모 마리아에게 단테가 하느님을 뵐 수 있도록 주선해달라고 간청하는 장면이다. 그가 성모에게 "당신 아들의 따님이시여"라고 말한 것은 예수가 신의 아들인 동시에, 신과 한 몸이라는 뜻이다. 지고천에는 하느님이 있고, 그 아래에 마리아를 필두로 이브, 베아트리체, 세례 요한, 아담과 베드로 등이 자리하고 있다.

인류 지성의 최고봉

•

『신곡』을 제대로 읽기 위해서는 이처럼 방대한 지식이 필요하지만, 그걸 이 자리에서 다 살펴볼 수는 없겠다. 다만 여기서는 단테가 살았던 당시의 이탈리아를 이해하는 데 필요한, 유럽의 역사에 대해 간단하게 살펴보고자 한다.

로마제국의 황제 콘스탄티누스가 330년 수도를 비잔티움(콘스탄티노플)으로 옮긴 이후, 395년 테오도시우스 1세는 제국을 동서로, 즉 로마와 비잔티움으로 나누어 두 아들에게 물려준다. 그런데 동로마제국은 유스티니아누스 1세 때 스페인을 비롯한 옛 영토를 상당히 회복하고 『로마법 대전』을 편찬하는 등 전성기를 누리며 오래 유지되지만, 서로마제국은 서고트족, 훈족, 반달족 등 야만족에게 잇따라 유린당하다가 476년 게르만 출신의 용병 대장 오도아케르에 의해 멸망하고 만다.

그렇게 서로마제국이 멸망한 뒤, 이탈리아는 베네치아 공화국, 페라라 공국, 피렌체 공화국, 제노바 공화국, 시에나 공화국, 나폴리 공화국, 시칠리아, 사르데냐, 코르시카 등으로 분열된다. 지금으로서는 이해하기가 힘들지만, 요즘 같으면 자동차로 불과 한두 시간 거리인 피렌체와 피사, 시에나 같은 이웃 도시가 오랫동안 서로 죽고 죽이는 전쟁을 거듭했다. 거기엔 온갖 음모와 배신, 반목과 암살과 저주가 난무했는데, 『신곡』에도 이런 내용이 곳곳에 담겨 있다.

당시 유럽의 최강국은 프랑스와 신성로마제국이었다. 두 나라 모두 옛 로마제국의 영광이 남아 있는 이탈리아 반도를 욕심내는 바람에 이탈리아 국가들은 주변국의 외풍에 수없이 시달려야 했다. 751년에는 프랑크왕국 카롤링거 왕조를 연 피핀이 교황의 요청으로 로마 주변을 지배하던 랑고바르드 왕국을 토벌하는데, 이때 얻은 이탈리아 중부 영지를 교황에게 선물해 로마 교황령의 기원이 되기도 했다. 그 대가로 피핀은 왕위 찬탈의 정당성을 교황으로부터 인정받는다. 피핀은 원래 메로빙거 왕조의 신하로, 자신이 섬기던 임금에게 왕국을 빼앗아 새 왕조를 열었었다.

피핀이 죽자 프랑크왕국을 그의 두 아들이 물려받는데, 둘째가 일찍 세상을 뜨자 첫째인 카를이 단독 지배자가 됐다. 그는 영토를 넓혀 독일의 작센, 바이에른을 비롯해 동유럽 보헤미아, 그리고 이탈리아와 스페인까지 손에 넣었다. 당시 교황은 영민한 레오 3세였다. 그는 카를을 '교회의 보호자'로 임명하면서 서로마제국의 황제 자리를 주기로 약속한다. 멸망했던 서로마제국이 부활한 것으로, 이를 신성로마제국의 출발점으로 보기도 한다.

800년 12월 25일, 로마 성 베드로 대성당에서 열린 대관식에서 교황은 황제에게 관을 직접 씌워준다. 카를 황제, 그러니까 카롤루스 또는 샤를마뉴 대제로도 불리는 위대한 정복자는 속으로 굉장히 불쾌했을 것이다. '왜 로마 교황이 황제에게 관을 씌워주는가?'

교황은 영민한 인물이었다. 왕관을 씌워주는 행위를 통해 황제 임명권(서임권)이 자신에게 있음을 공표하고 싶었을 것이다. 그는 이를 위해 옛날 콘스탄티누스 황제가 제국의 서쪽을 로마 교회에 기증했다는 문서를 남겼다고 조작한다. 역사상 최대의 위서 사건이다.

이후 프랑크왕국은 셋으로 분열되었다가 결국 카롤링거 왕조의 맥이 끊기자, 서로마제국 황제의 자리는 독일로 넘어간다. 1157년, 슈타우펜 왕조의 바르바로사, 즉 붉은 수염의 프리드리히 1세는 자신의 왕국을 '신성 제국'이라고 칭하며 교황권에 도전한다. "교황에게는 세속 권력에 개입할 권리가 처음부터 없었다. 황제는 신으로부터 직접 세속의 통치를 위임받았고, 제국은 신으로부터 직접 선별된 것이다."

1250년 12월 13일, 프리드리히 황제의 죽음 이후 슈타우펜 왕조가 멸망하면서 1273년 합스부르크 왕가의 루돌프 1세가 독일 왕으로 등극할 때까지, 신성로마제국의 제위도 비어 있었다. 바로 대공위大空位 시대다. 단테는 이러한 파란만장한 시대에 피렌체 공화국의 국무장관이라는 중책을 맡았던 것이다.

당시 피렌체는 두 파벌, 즉 교황을 옹호하는 겔프당과 황제를 지지하는 기벨린당으로 나뉘어 있었다. 겔프의 어원은 독일의 귀족 가문 중 하나인 벨프가에서 나왔고, 기벨린은 앞서 말한 슈타우펜(혹은 호엔슈타우펜) 왕조의 성에서 유래했다. 이들은 12세기부터 황제의 자리를 놓고 싸웠던 숙명의 라이벌이었다.

이 싸움이 독일에서 이탈리아로 번졌는데, 피렌체는 1266년부터 겔프파가 주도권을 잡고 있었다. 그런데 겔프파는 비앙키당과 네리당으로 다시 분열되었다. 이들의 이름은 두 대표 가문의 상징색에서 유래됐는데, 상공업자 중심의 '백당' 비앙키당과 귀족 중심의 '흑당' 네리당은 교황을 지지한다는 점에선 같았지만 서로 독립성이 강했다.

단테는 교황과 교황청에 대해 비판적이었지만 겔프당에 속했다. 피렌체에 더 위협이 되는 것이 교황의 간섭보다는 프랑스나

피렌체 산타 크로체 광장에 위치한 단테의 동상
단테는 오늘날 르네상스를 대표하는 위대한 시인으로 기억되지만,
당대에는 정치인으로서의 위상이 더 컸다. 그러나 정치적 갈등으로 인해,
결국 고향인 피렌체에서 영구 추방되는 신세가 된다.

신성로마제국이라는 판단에서였다. 『제정론』이라는 저서에서 단테는 일단 교황의 힘을 빌려 프랑스와 신성로마제국이라는 외적을 막은 뒤, 독립적인 피렌체 왕국을 세울 꿈을 품고 있었다.

그런데 1301년, 겔프 네리당은 교황과 당시 프랑스 국왕 필리프 4세의 동생인 발루아 백작의 군대를 피렌체로 끌어들인다. 권력을 독점하기 위해 외세의 힘을 빌린 것이다. 이후 정권을 독점한 네리당은 비앙키당을 숙청했는데, 단테는 제거 대상 1순위였다. 앞서 살펴본 것처럼 단테는 피렌체에서 추방당하는데, 이때 자기 집에 『신곡』 「지옥 편」의 1곡부터 7곡까지를 놔두고 떠나는 바람에 원고가 사장될 위기에 처한다. 다행히 단테의 집을 압수수색한 사람 중 하나가 궤짝에 담긴 원고에 감동해 단테에게 그 원고를 보내주었다고 한다.

고향에서 쫓겨난 단테는 『신곡』의 집필에 열중한다. 부분별로 글이 완성될 때마다 친구에게 보내 복사본을 만들어 보관하게 했는데, 단테가 급사하게 되면서 그만 열세 편의 행방이 묘연해지게 된다. 그런데 이것을 찾는 과정에서 다소 과장이 섞인 듯한 신비한 일이 일어난다. 어느 날, 단테의 큰아들의 꿈에 아버지가 나타나 원고가 있는 방으로 그를 데리고 갔는데, 잠에서 깬 아들이 그 자리에 가보니 과연 원고가 있었다는 것이다. 인류 역사상 가장 위대한 서사시로 꼽히는 『신곡』은 이런 극적인 과정을 거쳐 살아남았다.

단테의 『신곡』은 책을 즐겨 읽는 사람이라고 해도 도전하기에
결코 쉽지 않은 작품이다. 하지만 히말라야를 등반한다고 상상해
보라. 각주를 읽어가며 한 장 한 장 넘기다 보면 어느덧 정상에 이
를 것이고, 마침내 지성의 최고봉에 오른 사람만이 느낄 수 있는
희열을 만끽하게 될 것이다.

10장

'가장 인간적인 희곡'이
불타 없어질 뻔한 사연은?

.

보카치오와 체르탈도

피렌체에서 남서쪽으로 내려가면 자동차로 한 시간 정도 걸리는 거리에 체르탈도라는 마을이 있다. 이곳이 유명해진 것은 르네상스를 주도한 '피렌체 삼총사' 가운데 한 사람인 조반니 보카치오의 고향이기 때문이다. '근대 소설의 아버지'라 불리는 보카치오는 단테나 페트라르카보다는 나이가 훨씬 어려 삼총사 중에서는 막내 격이다.

체르탈도에 들어서면 해발 약 50미터쯤 되는 언덕에 고성이 하나 보인다. 주변이 평원이라 눈에 확 띄는데 성으로 들어가는 접근로를 찾는 게 꽤나 어려웠다. 주변을 빙빙 돌다가 지쳐서 할 수 없이 현지 청년에게 구원을 청했다. 그는 자전거 안장에 척 앉더니 자기만 따라오라고 했다. 그렇게 자전거 뒤를 쫓다 문득 백

미러를 보니 뒤따르는 차 운전자들이 '뭐 하는 사람이기에 계속 자전거 뒤를 쫓고 있지?' 하는 표정을 짓고 있었다.

성에서 보카치오가 살았던 마을까지는 걸어서 5분이 채 안 걸렸다. 마을 주변 드넓은 평원에는 포도밭이 산재해 있는데, 전체적으로 한적하고 평화로운 분위기다. 보카치오 생가는 볼품없는 작은 박물관으로 변해 있었다. 성벽에 둘러싸인 작은 마을에는 레스토랑을 겸한 호텔이 두어 곳 있었고 노인들이 골목에서 더위를 식히며 한담을 나누고 있었다. 그런데 그들이 도란도란 이야기를 나누는 모습을 보니, 문득 보카치오의 대표작 『데카메론』의 첫 장면이 떠올랐다.

그리스어로 '데카'는 열(10), '메론'은 이야기라는 뜻이다. 즉 열흘간 일곱 명의 숙녀와 세 명의 신사가 모여 하루에 열 개씩 풀어놓은 총 백 개의 이야기가 『데카메론』이다. 그런데 대체 어떤 이야기가 담겨 있기에 이 책이 근대소설의 원조라고 불리게 된 걸까?

페스트도 빼앗을 수 없었던
뜨거운 욕망

•

알렉산더 대왕이 이룩한 헬레니즘 문화는 다양성을 존중했다.

보카치오가 살았던 마을의 입구
성벽으로 둘러싸인 작은 고성 마을로 체르탈도의 한 언덕에 위치해 있다.

보카치오가 살았던 마을의 풍경
한적한 마을 한편에서 노인들이 대화를 나누며 휴식을 취하고 있다.

그런 헬레니즘 문화를 계승한 로마가 무너진 뒤, 유럽은 천 년 가까이 중세 시대를 겪게 된다. 이 시기를 흔히 '암흑기'라고도 하는데, 세계의 모든 중심이 인간이 아니라 신이었기 때문이다. 그러나 르네상스 시기가 되면서, 인간은 점점 세계의 주도권을 자기 것으로 되찾기 시작한다. 소네트가 그 대표적인 산물인데, 소곡小曲 또는 14행시로 번역되는 이 서정적인 정형시는 13세기 이탈리아의 민요에서 파생되었다. 이를 완성시킨 이가 바로 단테와 페트라르카다. 페트라르카의 『칸초니에레』는 이후 셰익스피어, 보들레르에게까지 맥이 이어진다.

> 내 여인이 인사할 때
> 한껏 거룩하고 성스럽게만 보여
> 누구든 혀가 굳어지고
> 눈 들어 쳐다보지도 못하네.

단테의 소네트 「내 여인」의 일부다. 여기 등장하는 여인은 단테가 일평생 사랑했던 베아트리체다. 그런데 이 소네트에서 베아트리체는 평범한 인간이 아닌 고귀한 천사 같은 인물로 그려졌다. 단테는 비록 중세의 문을 닫고 르네상스의 문을 연 인물이지만, 여전히 중세의 굴레에 묶여 있었다. 그의 사랑은 온전히 인간적인 사랑이라기보다 신적인 사랑에 가까웠다.

그런데 페트라르카에 이르게 되면 이러한 흐름이 바뀐다. 단테의 베아트리체처럼 페트라르카의 시에 등장하는 시인이 생의 마지막까지 사랑했던 인물이다.

> 꽃 따러 돌아다니는 그녀를 보았을 적
> 바로 가까이 다가가 말했다
> "당신을 사랑하오", 미소를 머금은 그녀.

단테의 시에서 차마 쳐다볼 수 없을 만큼 이상적이고 신적인 존재에 가까웠던 연인의 모습은 페트라르카의 시에서는 좀 더 인간적인 모습을 띠게 된다. 그리고 마침내 보카치오에 이르면 천사나 성스러운 여성이 아닌 완전히 평범한 인간으로 변모한다. 중세와 근대의 차이는 언뜻 사소해 보이지만, 그 얕은 벽을 넘어서는 것은 쉽지 않았다.

『데카메론』의 탄생 배경은 흑사병, 바로 페스트였다. 쥐벼룩이 옮기는 이 무서운 전염병은 인류 역사에 여러 차례 등장하는데, 특히 14세기 유럽을 강타한다. 당시 유럽 인구의 1/3에서 1/4가량이 페스트로 죽음을 맞게 된다. 당시로서는 치료법도 없는 이 질병을 중세 유럽인은 신의 징벌로 여겼다. 성경에 등장하는 소돔과 고모라의 파멸처럼 페스트가 온 유럽을 휩쓸자, 마침내 종말이 왔다고 믿었던 것이다. 앞서 2장에서 다룬 것처럼 세계가 종말에 가까워졌다는 인식은 인간과 사회를 뒤바꿔 놓는다. 보카치오는 그 종말의 순간을 『데카메론』 서두에 기술하고 있는데, 여기서 그는 인간의 무력함을 고백한다.

> 하느님의 아들이신 그리스도가 태어나신 지 1348년이 되었을 때 이탈리아에서 가장 아름답고 번영된 도시 피렌체에 무서운 흑사병이 덮쳤습니다. 이 유행병은 천체의 작용에 따른 것인지, 아니면 우리 인간의 악함을 응징하시기 위한 하느님의 정의로운 분노인지 알 도리가 없지만 (……) 어떤 인간의 지혜도 예방 대책도 소용이 없었습니다. 관원들이 시내에서 산더미 같은 오물을 치워 내고, 환자는 시내에 들어오지 못했으며, 병을 막기 위한 온갖 예방 조치가 내려졌습니다. 또 신앙심 깊은 사람들이 자주 행렬을 짓는다든가 해서 갖가지 기도문들을 되풀이했지만 아무 소용 없었으며 앞에서 말씀드린 해의 초봄에는 흑사병이 무서운 감염력을 발휘하여 처참한 양상을 띠기 시작했습니다.
>
> 조반니 보카치오, 『데카메론』 (한형곤 옮김, 동서문화사, 2007)

페스트의 무서운 점은 인간의 생명뿐 아니라, 사회와 문화, 그리고 인간의 본성까지 공격하고 파괴한다는 것이다. 전염병이 옮을 것이 두려워 사람이 죽어도 제대로 장례도 치르지 않았고, 사람들은 오직 자신의 안위만 생각하게 된다. 만약 오늘날 페스트와 같은 전염병이 닥친다면, 우리는 어떤 모습을 보이게 될까? 『데카메론』이 묘사하고 있는 다음 풍경과 얼마나 크게 다를지 한번 상상해보자.

> 모든 사람이 야박한 마음을 품기 시작했습니다. 그 가운데는 절제 있는 생활을 하고 무슨 일에나 지나침을 삼가면 그와 같은 재앙을 만나지 않는다고 생각한 이도 있습니다. 반면 그와 반대로 실컷 마시고 향락을 즐기고 노래 부르며 길거리를 돌아다니고 놀러 다니며 할 수 있는 한 모든 욕망을 만족시키는 것이 이 병에 대한 가장 좋은 약이라고 단정하는 이들도 있습니다. 그들은 신념을 실천으로 옮겨 밤낮없이 이 술집 저 술집으로 옮겨 다니면서 규칙 같은 것은 완전히 무시하고 흥청망청 끝없이 마시고 그들의 구미를 당기는 점이 있기만 하면 이 집 저 집 남의 집을 마치 여관이라도 되는 양 마구 돌아다녔습니다.

조반니 보카치오, 『데카메론』(한형곤 옮김, 동서문화사, 2007)

페스트로 세상이 혼란에 빠지자, 가장 경건해야 할 수도사가 오히려 성적 욕망에 집착하는 일이 만연해졌다. 그들의 일탈과 성적 욕망을 날카롭게 드러낸 것이 바로 『데카메론』의 특징 중 하나다. 이러한 종교적 타락은 약 170년 후인 1517년 마르틴 루터의 종교개혁으로 이어지게 된다.

존 워터하우스, 「데카메론 이야기」(리버풀 국립 박물관 소장)

혼돈의 시대, '세상의 마지막'을 목도한 이들 가운데 일곱 명의 숙녀와 세 명의 신사가 페스트를 피해 작은 성으로 떠나면서 작품이 시작된다.

> 그곳은 조그마한 언덕 위에 자리했으며 어느 큰길에서나 멀리 떨어져 있고 보기에도 상쾌한 푸른 잎이 무성한 딸기나무며 큰 나무들로 가려져 있었습니다. 주위에는 평탄한 초원이 펼쳐져 있고 훌륭한 정원이 딸렸으며 맑은 물이 쉴 새 없이 솟아나는 샘이며 값비싼 포도주를 넣어 둔 지하 곳간도 있었습니다.
>
> 조반니 보카치오, 『데카메론』(한형곤 옮김, 동서문화사, 2007)

『데카메론』은 마치 『아라비안나이트』처럼 수없이 많은 버전으로 패러디되거나 윤색되었다. 이야기를 하나하나 읽다 보면 마치 어디서 본 이야기 같다는 기시감이 들며 무릎을 치게 된다. 여기서는 『데카메론』에 등장하는 이야기 중 짧고 유쾌한 이야기 하나만 소개하겠다.

— 첫째 날 다섯 번째 이야기

로마 가톨릭 교회의 호위장관 몬페라토 후작에겐 아름답고 정숙한 부인이 있었다. 그 소문이 바람기 많은 '사팔뜨기 왕'이라는 별명을 가진 프랑스 왕 필립의 귀까지 들려왔다. 왕은 몬페라토 후작이 십자군 원정을 떠난 틈을 타 제노바에 가서 몬페라토 후작 부인에게 수작을 걸었다. 부인은 필립 왕의 시커먼 속셈을 눈치챘으면서도 훌륭한 만찬을 베풀었다.

그런데 부인이 내놓은 요리는 하나같이 암탉으로 만든 것이었다. 필립 왕은 "이 언저리 산야에 다른 여러 짐승이 있을 텐데 왜 쟁반마다 암탉이 올라와 있는가?" 하고 의아해하면서 부인에게 물었다. "부인, 이 언저리에는 암탉만 나고 수탉은 한 마리도 나지 않습니까?"

부인은 하느님이 자기 소원을 이루어 가슴속을 털어놓을 기회를 주셨다고 속으로 찬양하며 답했다. "아닙니다, 폐하. 그렇지는 않습니다. 하지만 여자는 옷차림이나 신분에 여러 가지 변화는 있어도 속은 다 같은 법입니다."

이 말을 듣자 왕은 그를 아무리 설득해봐야 헛일이며 권력을 휘둘러 취하는 것도 아니라고 생각했다. 이내 그 부인을 연모하는 것이 얼마나 철없는 짓인지를 깨닫고 자신의 수치스러운 방문을 적당히 끝내고 제노바를 떠났다.

조반니 보카치오, 『데카메론』(한형곤 옮김, 동서문화사, 2007)

『신곡』에 비견할 만한
가장 인간적인 문학 작품
•

보카치오는 사생아였다. 무역업에 종사한 아버지가 프랑스 파리에서 만났던 잔느가 그의 어머니다. 잔느의 신분을 두고서는 여러 가지 설이 엇갈린다. 귀족의 미망인이라는 설과 재봉사였다는 설이 있지만 후자가 좀 더 유력하다. 보카치오는 어린 시절을 파리에서 보내다가 어머니가 죽은 뒤 피렌체로 와서 교육을 받았다. 그는 여섯 살 때부터 시를 쓸 정도로 매우 총명했다. 아버지는 자기 일을 맡기려 열두 살이 된 그를 나폴리 왕국으로 유학 보내지만, 보카치오는 아버지의 바람과 달리 문학에 대한 열정을 버리지 못한다.

이탈리아 문화의 중심지이자 생기가 넘치는 도시 나폴리에서 보카치오는 베르길리우스의 『아이네이스』, 스타티우스의 『테바이스』 등 그리스 서사시와 신화를 연구하면서, 타고난 창작력과 글솜씨를 발휘해 주옥같은 시를 쓰기 시작한다. 그런데 단지오 왕가의 총애를 받으며 시인으로서 확고부동한 명성을 떨치던 그에게 갑자기 불행이 찾아온다. 나폴리의 바르디 가문이 세운 은행이 도산할 때, 그 은행과 깊은 연관을 맺고 있던 아버지 역시 망하게 된 것이다.

갑자기 생활이 어려워진 그는 피렌체로 돌아온다. 하지만 이때

GIOVANNI BOCCACCIO

보카치오의 초상을 새겨 찍은 목판화

는 하필 페스트가 피렌체를 휩쓸고 있을 때였다. 위기의 순간이었지만 인생은 새옹지마라고, 이때의 경험을 통해 보카치오는 『데카메론』이라는 대작을 집필할 수 있었다.

앞에서 우리는 보카치오가 단테의 명작에 '신성한'이라는 수식어를 붙임으로써, 지금의 『신곡』이라는 이름이 태어났다는 것을 살펴보았다. 그런데 보카치오가 세상을 떠난 지 500년 후, 이탈리아의 한 문학사가는 『데카메론』에 '인곡Umana Commedia'이라는 이름을 헌사한다. 단테의 『신곡』에 비견할 만한 작품이라는 것이다. 실제로 『데카메론』은 근대 소설의 시초로 불리는 소설이자 최고의 문체를 구사한 소설로서 세계 문학 역사상 이 작품만큼 많은 모방과 변주가 이루어진 작품은 찾기 어렵다. 비록 한때 기독교적 윤리관에 어긋난다며 소외된 적도 있지만, 사실주의 문학의 출현과 함께 재평가를 받았다. 『데카메론』에 담긴 100가지의 이야기는 온갖 실화와 전설과 떠도는 이야기들의 저수지다.

1353년, 마흔의 나이에 『데카메론』을 완성한 보카치오는 집필 활동을 이어간다. 1359년에는 밀라노에서 아홉 살 연상인 페트라르카와 만나 친교를 맺게 되는데, 이들의 인연으로 인류는 큰 선물을 얻게 된다. 말년에 신앙에 몰두한 나머지 비종교적인 작품을 모두 불태우려고 했던 보카치오에게 페트라르카는 세속 학문과 기독교 신앙은 별개이기에 굳이 작품을 태울 필요가 없다고 만류한 것이다. 이들의 친교는 죽을 때까지 이어지는데, 1374년 페트라르카가 먼저 세상을 떠났고, 이듬해 보카치오가 그 뒤를 따른다.

11장

카사노바가 모차르트를 찾아가
'오디션'을 봤다고?

·

카 사 노 바 와   베 네 치 아

이탈리아 북동부에 위치한 베네치아는 '물의 도시'라는 별칭만큼 수많은 섬이 수백 개의 다리로 이어진 아름다운 항구 도시다. 한때는 매년 조금씩 가라앉아서 언젠가는 사라져버릴 것이라는 풍문이 돌았지만, 다행스럽게도 아직은 그 아름다움을 만끽할 수 있다.

이 도시를 여행할 때, 나는 한창 단테에게 빠져 있었다. 『신곡』은 물론 그가 나오는 온갖 추리소설과 음모론 소설까지 모조리 섭렵하고 있었다. 요즘 소설 중에는 단테를 템플기사단의 일원이나 고대로부터 전해지는 비밀의 전수자라는 식으로 그리는 경우가 있는데, 줄리오 레오니의 『단테의 모자이크 살인』 시리즈와 매튜 펄의 『단테 클럽』, 댄 브라운의 『인페르노』 등이 대표적이다.

베네치아에 있는 이탈리아 최초의 카페, 플로리안의 화려한 테이블 한편에 앉았을 때에도, 나는 『단테의 신곡 살인』을 읽고 있었다. 그런데 문득 책에서 낯익은 이름 하나를 발견했다.

> 이따금 자코모 카사노바를 만났는데 알고 보니 그 역시 엇비슷한 행운을 거머쥔 차였다. 이 얼마나 인생역전인가! 그는 베네치아 고관대작들을 따라 가슴 뛰는 권력의 현장을 목격했고 카지노에서 정기적으로 지갑을 두둑이 채웠다. 물론 그가 결점만으로 점철된 인간은 아니었다. 그는 감탄스러운 시를 지어낼 줄 알았고, 아리스토텔레스에 통달했으며, 철학에 능했다. 해박한 지식과 카리스마, 명석한 두뇌, 재치 있는 임기응변, 그리고 듣는 이를 숨 돌릴 틈 없이 몰아치다 기어이 울리고야 마는 탁월한 이야기꾼의 능력을 지닌 그는 유쾌한 벗으로서 인기가 높았다.
>
> 아르노 들랄랑드, 『단테의 신곡 살인』(권수연 옮김, 황매, 2007)

소설 속에서 카사노바라는 이름을 보자, 문득 베네치아가 물의 도시이기도 하지만 카사노바의 고향이기도 하다는 사실이 떠올랐다. 그가 태어나고 성직자로서 신품을 받은 곳도 이 도시였고, 엽색 행각으로 두칼레 궁전의 피옴비 감옥에서 수감 생활을 하다 탈옥까지 감행했다는 일화가 있는 도시도 바로 베네치아다.

퍼즐이 하나하나 맞춰지자 기자로서 호기심이 발동했다. 소설

물의 도시 베네치아
카사노바의 생애는 고향인 베네치아의 물길을 닮았다.
그는 도시 곳곳으로 이어진 물길처럼 자유로운 삶을 살았다. ⓒMerlin74

이나 사람들이 일반적으로 인식하는 그의 모습 중에서 어디까지가 '팩트'이고 어디까지가 '픽션'인지 궁금해졌다. 카사노바, 그러니까 조반니 자코모 지롤라모 카사노바의 생애를 살펴보니 다음과 같은 정보를 알 수 있었다.

첫째, 카사노바는 베네치아에서 태어났다. 파도바대학교에서 민법과 교회법으로 박사 학위를 받았다. 파도바대학교는 당시 유럽에서 가장 오래된 대학교 중 하나로 옥스퍼드대학교나 케임브리지대학교가 생기기 전까지 최고의 전당이었다.

둘째, 카사노바는 로마 가톨릭 교회의 추기경 밑에서 일했으며 한때 군인으로 복무하기도 했다. 프리메이슨 결사 단원으로도 활동했는데, 음모론을 굉장히 잘 활용해 대중적 인기를 끌고 있는 댄 브라운의 소설에 자주 등장하는 프리메이슨 단원이라는 점이 눈에 띈다.

셋째, 그는 당시로선 상상을 초월한 '세계인'이기도 했다. 베네치아, 파리, 리옹, 콘스탄티노플, 드레스덴, 프라하, 빈, 런던, 베를린, 피렌체, 바젤, 바르셀로나, 로마, 리가, 페테르부르크, 바르샤바, 보헤미아 등지를 끊임없이 여행하고 때론 망명하면서 18세기 유럽 사회의 정치와 문화 현장을 생생히 체험했고, 그 경험을 글로 남겨 인기를 얻은 베스트셀러 작가이기도 했다.

넷째, 그의 직업이 무엇인지는 쉽게 설명할 길이 없다. 무뢰한, 방랑자의 친구, 탁발승, 모험가, 군인, 사기꾼, 도박사, 마술사, 복권 사업가, 금융업자, 외교관, 철학자, 연금술사, 바이올린 연주자, 어릿광대 등을 직업으로 삼았다. 좋게 말하면 다재다능한 인물이라 할 수 있다.

그가 남긴 자서전은 수많은 여성과의 '연애담'과 당대 유럽 문화와 풍속도를 박진감 넘치는 문체로 담고 있다. 특이하게도 이탈리아인이면서 프랑스어로 책을 썼는데, 프랑스 문학 전공자에게도 높은 평가를 받고 있다. 원래는 모두 열두 권이지만, 우리나라에서는 세 권짜리 『카사노바 나의 편력』만 출간되었다. 그가 남긴 작품 중에서 『20일 이야기』는 소설가 쥘 베른에게 영감을 주어 『지구 속 여행』을 탄생시켰다고 한다.

나는 평생 동안 감각의 노예였다
•

나는 건전한 윤리관을 가지고 있었고 가슴속에는 일찍부터 신의 원리가 뿌리를 내리고 있었다. 하지만, 그럼에도 나는 평생 동안 감각의 노예였다. 옳은 길을 벗어나는 데에서 기쁨을 느꼈고, 내 잘못을 자각하는 것 말고는 아무런 위안도 없이 계속 실수를 저질렀다. 그러니 친애하는 독자들이여, 내 회고록에서 참회자의 모습이나 무분별한 방탕을 고백하는 자의 부끄러운 태도가 보이지 않는다 해도 내 이야기를 뻔뻔스러운 자화자찬으로 듣지 말고 그

자코모 카사노바, 『카사노바 나의 편력』(김석희 편역, 한길사, 2006)

카사노바의 자서전은 위와 같은 변명으로 시작된다. 도대체 그는 어떤 삶을 살았던 걸까? 앞서 살짝 이야기한 것처럼 그는 피렌체에서 태어났는데, 아버지는 희극 배우였고 어머니는 성악가였다. 여섯 남매의 장남이었는데, 방탕한 생활을 한 형과 달리 그의 동생인 프란체스코 카사노바는 훗날 서양 미술사에서 빼놓을 수 없는 화가로 성공한다.

카사노바는 자신이 평생 네 가지 기질을 갖고 살아왔다고 밝힌다. 어린 시절에는 게을렀고, 젊은 시절에는 다혈질에다 쾌활하고 낙천적이었으며, 그다음에는 성미가 까다로워졌고, 지금은 걸핏하면 우울해졌다는 것이다. 번역가 김석희는 카사노바의 인생관을 이렇게 말한다. "카사노바에게 인생은 산해진미가 가득 차려진 식탁과 같았다. 인생이라는 식탁 앞에서 죄의식에 사로잡힌 이들은 어느 음식부터 맛보면 좋을지 몰라 어리둥절하지만 그 식탁을 바라보는 그의 눈길은 언제나 즐거웠다. 그 갈망의 눈길은 관능적인 욕망 그 자체이기 때문이다. 그는 인생을 찬미한 시인이었고 삶의 기쁨을 만끽한 쾌락주의자였다."

카사노바는 파도바대학교 재학 시절 라틴어, 그리스어, 프랑스어, 히브리어, 스페인어, 영어, 고전문학, 신학, 법학, 자연과학 등

프란체스코 카사노바, 「카사노바의 초상화」(러시아 국립 역사 박물관 소장)

폭넓은 지식과 춤, 펜싱, 승마, 카드 게임 같은 사교술을 익힌다. 이처럼 다양한 분야에서 쌓은 교양이 훗날 인류 역사상 최고의 바람둥이가 되는 기반이 된다. 그는 자신의 인생관에 대해 이렇게 밝힌다.

> 내 인생의 가장 중요한 관심사는 감각을 만족시키는 일이었다. 그보다 더 중요한 일은 결코 없었다. 나는 여성을 위해 태어난 사람이라고 느꼈고, 항상 여성을 사랑했으며, 여성의 사랑을 받기 위해 최선을 다했다. 나는 또한 맛있는 음식을 좋아했고, 호기심을 자극하는 것에는 억누를 수 없는 매력을 느꼈다.
>
> 자코모 카사노바, 『카사노바 나의 편력』(김석희 편역, 한길사, 2006)

> 나는 솜씨 좋은 나폴리 출신 요리사가 만든 마카로니라든가 에스파냐 사람들이 즐겨 먹는 잡탕찜, 뉴펀들랜드에서 잡아온 대구 자반, 양념을 듬뿍 친 날짐승 고기, 썩어서 냄새가 나기 시작한 치즈처럼 향이 강하고 맛이 진한 음식을 좋아했다. 특히 치즈의 참맛은 그 속에서 미생물이 활동하는 게 눈에 보이기 시작할 무렵에야 비로소 느낄 수 있다. 여성에 관해서 말하자면, 나는 언제나 냄새를 풍기는 여자를 사랑했고 여자가 땀을 많이 흘릴수록 냄새가 좋았다.
>
> 자코모 카사노바, 『카사노바 나의 편력』(김석희 편역, 한길사, 2006)

카사노바는 자신이 성직자로 갓 임명된 열일곱 살 무렵부터 평생 122명의 여성을 품에 안았노라고 자서전에서 밝힌다. 이렇듯 방탕한 생활을 하게 된 이유를 그는 다음 두 가지 사건으로 설명한다.

첫째는 스승인 말리피에로가 일흔에 가까운 고령이 되어서도 열일곱 살 가수를 희롱하는 장면을 목격한 것이고, 둘째는 카사노바가 사랑한 백작 부인의 딸이 한 호색한에게 희롱을 당한 것이다. 이 사건 이후 카사노바는 '앞으로 사랑이라는 감정을 이성으로 절제하지 않겠다'는 이상한 결심을 했다고 한다. 여러모로 괴짜라고 할 수 있다.

결국 그는 서른 살이 된 1755년 무렵, '이성을 유혹하는 이단 마법을 사용하는 마법사'라는 죄목으로 5년 형을 선고받고 투옥된다. 그가 투옥된 곳은 베네치아 두칼레 궁전의 피옴비 감옥인데, 훗날 카사노바는 자신이 투옥된 이유에 대해 이렇게 변명했다. "나는 타인에게 잘못한 적이 없다. 사회의 안정을 위협한 적도, 남의 사적인 일에 간섭한 적도 없다. 단, 한 가지 죄목이 있다면 종교 재판관의 애인과 자주 만났던 것일지 모른다."

1년을 감옥에 갇혀 지내던 카사노바는 1756년 탈옥해 프랑스 파리로 간다. 거기서 친구의 도움으로 복권 사업소 다섯 곳을 운영하며 큰돈을 벌지만 역시 여자 문제로 막대한 금전을 탕진한다. 이후 영국과 베를린을 거쳐 러시아에 도착해 예카테리나 2세를

베네치아에 있는 탄식의 다리
두칼레 궁전의 재판소(왼쪽)와 피옴비 감옥(오른쪽)을 잇는 아치형 다리다. 판결을 받고 감옥
으로 끌려가는 죄인이 다리의 창밖을 바라보며 탄식을 했다고 해서 붙여진 이름이다. 카사
노바 역시 이 다리를 지나며 한숨을 내쉬었을 것이다. ⓒClaudio Divizia

만나지만, 언제나 그렇듯 그곳에서도 여성들을 농락하다 사람들의 분노를 사 도망치듯 떠나게 된다.

전 세계를 떠돌던 카사노바는 예전에 인연이 있던 발트슈타인 백작의 제안으로 보헤미아의 둑스성에서 지냈다. 지금의 체코 두흐초프 지역으로 프라하에서 두 시간 정도 떨어져 있다. 젊었을 때부터 방탕한 생활을 했던 탓인지 마흔 중반부터는 성불구가 됐다고 하는데, 1798년 일흔셋의 나이로 세상을 뜨면서 다음과 같은 유언을 남겼다. "나는 철학자로 살았고 기독교도로 죽는다."

천하의 난봉꾼인가, 시대의 뇌섹남인가?

•

카사노바에게는 흥미로운 일화가 많지만, 특이하게도 동시대의 위대한 음악가 모차르트와 얽힌 이야기도 있다. 모차르트가 오페라 「돈 조반니」를 작곡하고 있을 무렵, 예순 중반이 된 노년의 카사노바가 그를 찾아간 적이 있다고 한다. 카사노바는 모차르트에게 자신의 화려한 여성 편력을 자랑하며, 돈 조반니보다는 자신의 이야기를 쓰는 게 어떠냐고 제안했다. 하지만 부도덕하고 문란한 주인공 돈 조반니를 주인공으로 한 오페라를 쓰던 모차르트마저 카사노바의 이야기를 듣고서는 고개를 저으며 이렇게 말했다.

"카사노바보다는 돈 조반니가 훨씬 낫겠다."

지금까지 살펴본 내용만 놓고 보면, 카사노바는 과연 천하의 난봉꾼처럼 보일 것이다. 물론 정당한 평가이긴 하지만, 그가 콘스탄티노플에서 한 이슬람 귀족과 나눈 논쟁을 살펴보면 그저 생각 없이 감각만으로 살아가는 바람둥이의 면모가 잊힐 만큼 반짝이는 지성의 단면도 엿볼 수 있다. 그 논쟁을 간단히 인용해본다.

유스프: 위대한 예언자 무함마드께서 신에 대해 알려주실 때, 여러 민족은 하나같이 우상을 숭배하고 있었습니다. 인간이란 이처럼 나약합니다. 예언자의 사도들이 계속 형상을 보고 섬겼다면 이전의 잘못을 다시 범하게 되었을지도 모릅니다.

카사노바: 형상을 우상으로 그대로 숭배하는 민족은 없었습니다. 그 형상이 가리키고 있는 신을 경배하는 거지요.

유스프: 인정합니다. 하지만 신은 물질이 될 수 없어요. 사람들 머릿속에서 신이 형체를 갖고 있다는 생각을 없앤 건 올바른 행위였습니다. 지금 신을 눈으로 볼 수 있다고 믿는 건 오직 당신네 기독교도뿐이에요.

카사노바: 신은 물질이 아니라는 건 우리도 확신합니다. 하지만 우리에게 그런 확신을 주는 건 형상이 아닌 신앙이지요.

(……)

유스프: 우리는 당신들 같은 자기기만을 할 필요가 없다는 점을

신에게 감사드립니다. 그렇게 스스로 기만할 필요가 있다고 말하는 철학자는 세상에 한 사람도 없을 테죠.

카사노바: 엄밀히 말하면 그건 철학의 문제가 아닙니다. 바로 신학의 문제이지요.

자코모 카사노바, 『카사노바 나의 편력』(김석희 편역, 한길사, 2006)

내용 대부분이 엽색 행각으로 채워진 카사노바의 자서전은 왜 아직까지도 읽히는 걸까? 그것은 그 책이 단지 한 바람둥이의 개인적인 엽색 행각을 넘어, 통찰력 있게 시대를 관찰하면서 당대 사회와 인간 군상을 적나라하게 드러냈기 때문이다. 그의 자서전을 번역한 김석희도 이런 평가를 남겼다.

"프랑스혁명을 앞두고 낡은 것이 해체되고 새로운 것이 태어났다. 그 이상한 활기와 감미로운 권태로 가득한 데카당스의 세계를 묘사한 수많은 작품들 가운데, 카사노바 회고록은 우뚝 자리 잡고 있다."

4부

안개 자욱한 스파이와
판타지의 세계를

산책하다

12장

나니아 연대기와 반지의 제왕은
같은 곳에서 태어났다?

·

루이스와 옥스퍼드

영국은 펍의 나라다. 일찍 출근해 일찍 퇴근하는 영국인은 일을 마치면 펍에 들러 술을 한잔하며 친구와 담소를 나누고 오후 8시를 전후로 귀가한다. 시원하면서 쌉쌀한 맥주도 맛있지만, 주로 여름철에 파는 알코올음료인 핌도 영국에서만 볼 수 있는 별미다. 진을 기반으로 오이와 과일, 민트 등을 넣어 시원하면서도 달콤하게 마실 수 있다.

'황소가 건너는 여울'이라는 이름을 가진 유서 깊은 도시, 거의 천 년의 역사를 자랑하는 최고의 명문 대학교로 유명한 도시 옥스퍼드에도 유명한 펍이 많다. 그중에서도 빼놓을 수 없는 곳이 바로 '이글 앤드 차일드'라는 펍이다. 영국 남북전쟁(1642~1649년) 당시 재무장관의 숙소로 쓰이던 건물을 개조해 펍으로 개장한 곳으로 무려 400년에 가까운 오랜 역사를 가지고 있다. 하지만 실제로 가보면 건물이 굉장히 작다는 것을 알 수 있는데, 왜 굳이 이곳을 옥스퍼드에서 손꼽히는 펍이라고 하는지는 안으로 들어가야 알 수 있다.

펍의 벽면 한쪽에는 낡은 흑백사진이 몇 장 걸려 있는데, 바로 '잉클링스Inklings'라는 모임의 멤버 사진이다. 특히 중앙에 걸려 있는 두 명이 '잉클링스'의 주축이라는 것을 단번에 알 수 있는데, 바로 『반지의 제왕』 시리즈를 쓴 J. R. R. 톨킨과 『나니아 연대기』의 작가이자 옥스퍼드대학교 교수였던 C. S. 루이스다. 1650년에 생겨 무려 400년에 가까운 오랜 역사를 지닌 이 펍에서도 가장 대표적인 고객이라 하겠다.

잉클링스의 멤버는 톨킨과 루이스를 주축으로, 루이스의 형 워렌 루이스, 루이스의 양아들 더글러스 그래셤, 톨킨의 아들 크리스토퍼, 소설가 찰스 윌리엄스, 의사 험프리 하버즈, 변호사 오언 바필드에 옥스퍼드 경찰서장까지 옥스퍼드를 대표하는 각계각층의 지성들이었다. 그들에게 이글 앤드 차일드는 단순한 펍이 아니라 위대한 문학 토론장이었다. 그들은 펍에 '새와 어린이'라는 애칭을 붙이며 오랫동안 지성을 겨루었다.

학문의 도시 옥스퍼드의 전경
잉글랜드 옥스퍼드셔카운티의 도시로 런던에서 북서쪽으로 80킬로미터 떨어져 있다.
옥스퍼드대학교 보들리언 도서관에는 영국에서 발간된 모든 서적의 초판이 보관되어 있다.

"신이 있다면 우리를 이렇게
불완전하게 만들진 않았을 것이다"

•

오늘날 우리는 흔히 『나니아 연대기』를 영화로 잘 알고 있는데, 그 원작 소설을 쓴 저자가 현대 영국을 대표하는 문호 가운데 하나이자, 옥스퍼드나 케임브리지 같은 명문 대학교에서 철학과 문학을 가르친 교수라는 사실을 알면 깜짝 놀란다. C. S. 루이스는 북아일랜드 벨파스트에서 태어났다. 아버지 알버트 제임스 루이스는 변호사로, 루이스 일가는 원래 웨일스에 살고 있었는데 할아

이글 앤드 차일드의 한쪽 벽면에 걸려 있는 C. S. 루이스의 사진

버지 대에 아일랜드로 이주했다고 한다. 루이스의 어머니 플로렌스 오거스타 루이스 밀턴은 성공회 목사의 딸이었다.

루이스에게는 어릴 적부터 위대한 작가가 될 특이한 자질이 있었던 것 같다. 자신이 기르던 반려견이 죽자 그 이름을 자기에게 붙여 스스로 '잭'이라고 했고, 나중에는 가족까지 그를 그 이름으로 불렀다고 한다. 루이스는 동물을 무척 좋아해 베아트릭스 포터가 지은 『피터 래빗 시리즈』에 푹 빠졌는데, 나중에는 직접 동물 이야기를 글로 쓰기도 했다. 또한 그는 독서광으로 얼마나 열심히 책을 읽었는지 "루이스가 안 읽은 책을 찾는 건 풀밭에서 바늘을 찾는 것만큼 어렵다"라는 말까지 나올 정도였다.

루이스의 작품 『나니아 연대기』는 오늘날까지도 손꼽히는 환상 문학의 고전이지만 기독교적인 색채도 짙게 띠고 있다. 신비한 동물과 마법이 난무하는 판타지 세계와 이교를 배척하는 기독교의 특성이 양립한다는 것은 언뜻 불가능해 보이지만, 루이스가 무신론을 거쳐 다시 기독교로 돌아가기까지의 여정을 살펴보면 그리 모순된 것만은 아니라고 느껴진다.

그는 홈스쿨링을 통해 가정교사에게 교육을 받다가 열 살 무렵인 1908년 윈야드 학교에 다니기 시작한다. 이 학교에는 루이스보다 세 살 많은 형 워렌도 다니고 있었다. 그런데 이 학교는 얼마 지나지 않아 학생수 감소로 인해 폐교되고 만다. 이즈음 어머니를 암으로 잃은 것도 모자라 학교가 문을 닫은 충격으로 교장 로버트 카프론이 정신병원에 입원하는 일이 이어지자, 어린 루이스는 마음에 큰 상처를 입는다. 이후 루이스는 호흡기 질환으로 그만둔 캠벨 고등학교와 요양원 마을에 있는 몰번 체르보그 학교를 거쳐 몰번 고등학교에 입학하는데, 재학 기간은 1913년 9월부터 다음 해 6월까지로 몹시 짧다.

이 시기에 루이스는 무신론자가 되는데, 앞선 여러 일과 자신을 덮친 병으로 심경이 흔들린 영향이 있을 것이다. 루이스는 의무적으로 기독교를 믿는 관습에 강하게 저항했다. 그는 자서전에서 이때 종교를 버린 이유를 이렇게 밝힌다. "나는 신이 존재하지 않는다는 사실에 매우 화가 나 있었다. 신이 정말로 있다면 인간을 이토록 불완전하게 만들진 않았을 테니까."

종교에서 마음이 멀어진 그는 신화와 마술에 관심을 갖게 된다. 특히 그가 마음을 홀딱 빼앗긴 것은 스칸디나비아, 즉 북유럽 신화였다. 신화 속을 헤매는 즐거움을 루이스는 자신의 가장 큰 기쁨이라고 밝혔다. 그리스 문학을 공부한 것도 스칸디나비아 반도, 즉 북구 신화를 좀 더 체계적으로 이해하기 위한 것이었다. 루이스가 관심을 갖는 신화의 범위는 그의 가족이 살았던 아일랜드로 넓어졌다.

1917년, 루이스는 옥스퍼드대학교에 입학한다. 그리고 이듬해 막바지로 치닫던 제1차 세계대전에 참전하기 위해 자원입대한다. 자신의 19번째 생일날 프랑스 섬므밸리의 최전선에서 참호전을

옥스퍼드에 있는 탄식의 다리
옥스퍼드대학교 허트포드 칼리지 구간과 신관을 잇는 통로다.
11장에서 살펴본 베네치아 두칼레 궁전에 있는 다리와 이름이 같지만,
그에 얽힌 일화의 분위기는 상반된다. 비극적인 베네치아의 다리와 달리
이곳은 성적표를 받고 다리를 지나며 한숨을 쉬는 학생들 때문에 별칭이 붙었다고 한다.

치른 그는, 이듬해 독일에서 부상을 입고 치료하다가 옥스퍼드로 돌아온다. 복학생 루이스의 성적은 최우등으로, 3개 분야의 학업을 망라하는 최고의 상인 '트리플 퍼스트'까지 수상한다. 이후 그는 1925년 젊은 나이에 옥스퍼드대학교의 교수가 되어 1954년까지 재임한다. 이후 옥스퍼드대학교의 라이벌인 케임브리지대학교로 옮겨, 중세와 르네상스 문학을 가르치지만, 생애 전반에 걸쳐 옥스퍼드가 끼친 영향은 매우 컸다.

'반지의 제왕' 톨킨과의 끈끈한 우정

•

특히 옥스퍼드대학교에서 만나 교제하게 된 톨킨은 루이스의 생애에서 결코 빼놓을 수 없는 중요한 인물이다. 이는 톨킨에게도 마찬가지였다. 37년 동안 이어진 둘의 관계는 "이들만큼 서로에게 좋은 지적 자극을 준 관계도 드물다"라고 평가된다. 루이스와 톨킨이 처음 만난 것은 1926년 5월 11일이었다. 처음에는 조금 서먹했던 둘이지만, 이내 톨킨이 글쓰기에 관심이 있다고 밝히면서 서로 가까워졌다. 그러자 톨킨은 루이스를 자신이 결성한 '잉클리스' 모임에 초대한다.

둘은 공통점이 많았다. 루이스보다 여섯 살 많은 톨킨은 옥스퍼드를 다니다 전쟁에 참전해 부상을 당하고 이후 대학교수가 되었는데, 루이스 역시 그와 비슷한 경력을 쌓았다. 글쓰기와 북구 신화에 탐닉했던 점도 비슷했다. 하지만 둘의 관심사는 그들이 각각 영국에서 마음 붙인 장소에서 차이가 난다. 톨킨은 남아프리카공화국에서 태어나 버밍엄에 정착한 반면, 루이스는 웨일스에서 태어나 아일랜드로 갔다. 아일랜드는 당시 영국 사회에서 상당히 억압받고 천대받던 곳이다. 이에 대한 반발인지 루이스는 아일랜드 시인 윌리엄 버틀러 예이츠에게 집착했다. 친구에게 보낸 루이스의 편지는 늘 예이츠에 대한 찬사로 가득했다. "내 심정을 달래주는 시인을 찾았네. 자네도 분명 예이츠를 좋아할 거라 확신하네. 그는 보기 드물게도 아일랜드 신화의 영혼과 아름다움을 다룬 극과 시를 쓰고 있어."

그러나 옥스퍼드대학교 동료들의 반응은 루이스를 실망시켰다. 그들은 예이츠가 작품을 통해 시도하고 있는 '켈트 회복 운동'에 무관심했던 것이다. 영국에서 켈트족은 앵글로색슨족에 밀려 스코틀랜드와 아일랜드로 밀려났었다. 이에 대해 루이스는 "예이츠가 사람들에게 무시당하는 것을 보면 몹시 놀랄 지경이다"라고 했다. 예이츠에 대한 루이스의 사랑이 얼마나 대단했는지, 자기 원고를 아일랜드 더블린의 출판사로 보낼 것을 고려했을 정도였다. "원고를 출판사에 보낸다면 더블린 사람과 할 것이다. 그래야 다들 내가 아일랜드 출신이라는 걸 알 테니까."

아무튼 루이스와 톨킨은 서로 대화를 나누면 나눌수록 더욱 가까워졌다. 북유럽 신화에서 시작된 화제는 문학과 역사, 종교로 발전했고, 루이스는 톨킨이 이미 출판했거나 구상하고 있던 『잃어버린 이야기들』, 『베오울프』, 『호빗』에 대해 들으면서 매번 그를 격려했다. 이에 대해 톨킨은 루이스 사후에 이런 글을 남겼다. "나는 그에게 갚을 수 없는 큰 빚을 졌다. 오로지 루이스 덕분에 내가 쓴 글이 취미에 그치지 않고 작품이 될 수 있었다. 루이스가 끊임없이 다음 이야기를 들려달라고 재촉하지 않았다면, 나는 『반지의 제왕』을 결코 끝마치지 못했을 것이다."

루이스 역시 톨킨에게 큰 영향을 받았다. 무신론자가 되었던 그가 기독교(성공회)로 다시 돌아간 것은 물론 『나니아 연대기』라는 대작도 남길 수 있었으니까 말이다. 루이스가 오늘날 '신학의 지성'으로 불리게 된 것은 상당 부분 톨킨의 덕이었다. 톨킨은 "복음서는 지성과 상상력을 동원해 받아들여야 할 진리"라고 꾸준히 설득했고, 결국 1929년 루이스는 유물론을 내던지고 다시 기독교를 받아들인다. 그는 다시 종교를 갖게 된 순간을 이렇게 표현한다. "걷어차고 발버둥치고 분개했으며 도망치기 위해 모든 각도에서 쏘아봤다. 그러나 결국 1929년 부활절 다음 학기에, 백기를 들고 하느님을 인정하게 됐으며 무릎 꿇고 기도하게 되었다."

이후 루이스는 어른을 위한 SF인 '우주 삼부작'을 시작으로 오늘날 그의 대표작으로 잘 알려진 『나니아 연대기』 집필에 들어간다. 그의 작품 대부분은 인간이 신의 은총으로부터 멀어졌다가 다

C. S. 루이스와 돈독한 우정을 쌓았던 J. R. R. 톨킨
『반지의 제왕』 삼부작을 통해 20세기 문학사에 큰 발자취를 남겼다.
ⓒMarc Riboud Critique

시 구원받는다는 기독교적 메시지를 담고 있다. 루이스는 제2차
세계대전 당시 나치 독일의 공습을 피해 피난을 온 아이들에게
희망을 들려주기 위해 1939년부터 『나니아 연대기』의 1권인 『사
자와 마녀와 옷장』을 집필하지만, 중도에 포기하게 된다. 이후 이
책은 전쟁이 끝난 1948년에야 다시 쓰여, 마침내 1950년에 처음
으로 출판된다.

모두 일곱 권으로 된 『나니아 연대기』는 1956년을 끝으로 시리즈의 대장정을 마무리한다. 출간 이후 폭발적인 반응을 얻으며 드라마, 영화, 연극 등 다양한 매체로 각색되었으며, 지금까지 전 세계 41개국에서 1억 부가 훨씬 넘게 팔린 초대형 베스트셀러가 되었다. 아이들이 우연히 환상의 세계인 '나니아' 속에 들어가 모험을 하는 내용을 다루는데, 세계의 멸망과 구원, 구세주의 시련 등 기독교적 세계관이 곳곳에 묻어나 있다. 지루한 교리가 아닌 흥미진진한 스토리로 기독교적 믿음을 설파했으니, 루이스가 기독교인의 우상이 된 건 당연하겠다. 물론 『나니아 연대기』는 이런 종교적인 색채를 배제하고서도 환상 문학으로서 상당히 높은 평가를 받고 있는 작품이지만 말이다.

불치병에 걸린 연인과 결혼식을 하다

·

줄곧 독신으로 살던 루이스는 1952년 9월 운명의 연인인 조이 데이빗먼을 만난다. 시인이자 무신론자였던 그는 원래 미국의 소설가 빌 그레셤의 아내였지만, 별거 중인 상태였다. 두 사람의 교류는 1950년 조이가 보낸 편지로 시작되는데, 3년 뒤 조이가 두 아들과 영국으로 건너온다. 그리고 이듬해인 1954년 조이는 정식으로 이혼한 뒤 루이스와 본격적으로 교제를 시작한다.

오랜 기다림 끝에 만난 영혼의 반려자 같던 둘의 관계는 안타깝게도 순탄하지 않았다. 1956년, 영국 정부가 조이의 비자 연장 신청을 거부하자, 루이스는 그와 함께하기 위해 정식으로 혼인 신고를 할 결심을 하지만 주변의 강한 반대에 부딪힌다. 엎친 데 덮친 격으로 조이는 그해 10월 골수암 판정까지 받는다. 어린 시절에 잃은 어머니에 이어, 연인까지 불치병으로 잃게 될 상황을 맞은 루이스는 큰 충격에 빠졌다.

결국 주변의 계속된 반대에도 불구하고 두 사람은 1957년 3월 조이의 병실에서 결혼식을 올린다. 행복의 크기만큼이나 불행의 크기도 함께 커져가던 둘의 사랑은 1960년 골수암이 재발한 조이가 세상을 뜨면서 잠시 끝이 난다. 그리고 그로부터 3년 뒤, 루이스는 사랑하는 연인의 뒤를 쫓기라도 하듯 세상을 떠났다.

13장

전업 스파이가
문단의 '비틀스'가 된 사연은?

.

르 카레와 런던·베를린

영화 「범죄도시」에서 형사 마동석(마석도 역)은 목욕탕 안에서 거들먹거리던 문신투성이의 건달을 제압하고 그에게 계란 껍데기를 까게 한다. 그리고 그가 까준 계란을 먹고는 "계란이 왜 이렇게 퍽퍽해"라고 타박한다. 그러자 건달은 이렇게 변명한다 "삶은 계란이라서…."

뜬금없이 영화에 나오는 삶은 계란 이야기를 꺼낸 이유는 내가 신문사에서 4년 넘게 진행한 인터뷰 코너 이름이 '하드보일드'이기 때문이다. 완숙hard-boiled 계란을 좋아해서 그런 이름을 붙인 것은 물론 아니다. 내가 하드보일드 문학의 굉장한 팬이기 때문이다. 사건에 감정이나 도덕적 판단을 이입하지 않고 냉철하고 건조하게 묘사하는 하드보일드 문학의 특징이 내가 인터뷰를 통해 지

향하려 했던 방향과 잘 맞아떨어진다고 여겼다.

하드보일드는 앞선 말했듯 '(계란 따위를) 단단하게 삶은'이라는 뜻을 지닌 형용사지만, 문학에서는 주로 냉철하고 비정한 문체의 스파이·추리 소설 장르를 뜻한다. 원조 격인 소설가는 대실 해밋으로 『몰타의 매』, 『그림자 없는 사나이』 등의 작품을 남겼다. 그가 '하드보일드 소설'이란 장르를 구축한 뒤, 장르를 활성화시키는 걸출한 세 명의 작가가 잇따라 등장했다. 바로 어니스트 헤밍웨이, 존 르 카레, 프레더릭 포사이드다. 이들의 작품은 내 서재에서 단 한 번도 '비즈니스석'을 양보한 적이 없다.

하드보일드 문체의
정석을 보여주다

•

이번에 다룰 작가는 소설가 그레이엄 그린이 "지금껏 읽어온 스파이 소설 중 가장 뛰어난 작품"이라고 극찬했던 『추운 나라에서 돌아온 스파이』, 『죽은 자에게서 걸려온 전화』의 작가 존 르 카레다. 그가 소설의 배경으로 삼은 무대는 동서 냉전 시기, 자본주의 진영과 공산주의 진영이 치열하게 격돌했던 도시인 런던과 베를린이다.

영국의 첩보 요원인 앨릭 리머스는 동독에서 서방 세계의 스파

베를린 대성당
제2차 세계대전 당시 엄청난 폭격을 받아 건물 상당 부분이 소실되었다.
검게 그을린 벽면과 푸른색 돔 지붕이 무척 인상적이다.

이로 활동하다가 발각될 위기에 처한 카를을 국경에서 기다린다. 이때 카를이 동독 국경을 지나 막 서독 땅으로 들어오는 관문에서 사살당하는 장면은 그야말로 하드보일드 문체의 정석을 보여 준다.

> 첫 번째 총알은 그를 앞으로 홱 밀어붙인 것 같았고, 두 번째 총알은 그를 뒤로 잡아당긴 것 같았다. 그래도 어떻게든 그는 아직 움직이고 있었다. 아직 자전거 위에 앉아서 보초 옆을 통과했다. 보초는 여전히 그에게 총을 쏘고 있었다. 그때 카를이 축 늘어지면서 땅바닥에 나뒹굴었다. 그들은 쓰러진 자전거가 달각거리는 소리를 또렷이 들었다. 리머스는 카를이 죽기를 신에 기도했다.
>
> 존 르 카레, 『추운 나라에서 돌아온 스파이』(김석희 옮김, 열린책들, 2009)

무대는 영국 런던의 케임브리지 광장으로 바뀐다. 케임브리지 광장은 내가 옥스퍼드에서 유학하던 무렵, 런던행 버스를 타고 와서 내리던 마블 아치 역 건너편에 있었기에 굉장히 익숙한 곳이기도 하다. 마블 아치 역을 등지고 보면, 왼쪽에는 광활한 하이드 파크가 있고 대각선 방향에는 옥스퍼드 광장과 케임브리지 광장이 마주 보고 있다.

케임브리지 광장에 있는 낡은 건물 하나가 스파이들의 사무실인데, 바로 그 사무실에서 영국 첩보부 MI-6의 '관리관'과 실패한

스파이 리머스는 동독에 파견한 이중 스파이 카를의 정체를 밝혀
낸 동독 첩보부의 실력자 문트에 대한 복수를 결의한다. 우선 리
머스가 영국 첩보부로부터 버림받은 것처럼 위장한 뒤, 동독으로
전향해 문트의 라이벌인 피들러를 이용해 문트를 제거하기로 한
것이다.

　문트는 리머스가 애써 구축해놓은 첩보망을 궤멸시킨 장본인
이다. 그런 자를 속이기 위해서는 치밀한 작전이 필요했다. 리머

리머스가 출소 후에 거닐었을 런던의 하이드파크

스는 첩보부 내 한직으로 좌천됐다가 결국 첩보부를 떠난다. 공업용 접착제를 만드는 회사와 백과사전 외판원을 전전하다 베이스워터 심령학 도서관의 사서로 취직하는데, 거기서 리머스는 '미스 크레일'과 '미스 리즈 골드' 두 여자를 만난다. 그리고 미스 리즈 골드와 사랑에 빠져, 결국 리머스의 심모원려가 실패로 끝나는 단초가 된다.

임무를 완수하기 위해 리즈와 헤어진 리머스는 이후 식료품 가게 주인을 폭행해 감옥에서 석 달 동안 수감 생활을 하게 된다. 출소 후 리머스가 모습을 드러낸 곳이 바로 봄날의 하이드파크다. 바로 그때, 그에게 동독 스파이가 접근한다. 이때 리머스의 내면을 작가는 이렇게 묘사한다.

> 놈들이 성급하게 나오고 있군. 게다가 노골적이야. 언젠가 뮤직홀에서 들은 농담이 생각났다. '정숙한 여자라면 절대 받아들일 수 없는 제안이지만 실제로 해보지 않고는 그 진가를 알 수 없습니다.' 전술적으로는 일을 빨리 해치우는 것이 옳다고 생각했다. 나는 지금 완전히 몰락했고 빈털터리야. 감옥에서 쌓은 경험은 아직도 생생하고 사회에 대한 원망은 아주 강해. 나는 새삼 길들일 필요가 없는 늙은 말이야. 그들은 한편으로는 '사실상의' 거부를 예상할 것이다. 그들은 그가 두려워하는 것을 당연하게 생각할 것이다. 신의 눈이 황야를 건너는 카인을 뒤쫓았듯 영국 첩보부는 배

신자를 끝까지 추적하기 때문이다.

-존 르 카레, 『추운 나라에서 돌아온 스파이』(김석희 옮김, 열린책들, 2009.)

그리고 리머스는 스스로 '철의 장막' 안으로 건너가 조국을 배신하고 첩보를 넘기는 이중스파이가 된다. 문트를 없앨 주인공인 피들러 앞에서 말이다. 그러면서 리머스는 피들러에게 문트를 몰락시킬 정보를 슬쩍 흘린다.

사기꾼의 아들, 스파이, 그리고 소설가

•

존 르 카레의 본명은 데이비드 존 무어 콘웰로 1931년 10월 19일 영국 잉글랜드 남부의 도싯 주에서 태어났다. 세인트앤드루스 공립학교를 거쳐 스위스 베른대학교에서 2년간 공부한 뒤 옥스퍼드대학교에서 근대 유럽어학을 전공했다. 그는 1956년부터 영국의 명문 이튼에서 어학을 가르쳤고, 1959년부터는 외무부 서기관으로 서독의 본과 함부르크에 주재했다.

그가 처음 소설을 쓰기 시작한 것은 바로 서독에 머물던 때였다. 첫 작품이 『죽은 자에게서 걸려온 전화』이고 두 번째 작품이 『고귀한 살인』이다. 데뷔작은 『추운 나라에서 돌아온 스파이』에서 펼쳐지는 이야기의 배경을 알려주는 프롤로그 격의 소설이다. 이 작품에서는 동독 첩보부의 스파이 문트가 영국에서 활동하는 장면이 그려진다.

그런데 여기서 설명이 필요한 부분이 하나 있다. 바로 존 르 카레가 일했다는 외무부 서기관이라는 자리다. 그는 공식적으로는 다섯 명의 영국 총리를 위한 번역 업무를 맡는 등 외교관으로 근무한 것으로 되어 있는데, 주간지 《뉴스위크》의 취재 결과 그가 실제로는 영국 정보부인 SIS와 MI-6에서 일했다는 사실이 밝혀진 것이다. 존 르 카레는 이를 부인했지만 실제로 그는 외무부에 들어가기 전인 1964년까지 방첩부 MI-5에서 '맥스웰 나이트'라는 가명을 썼던 스파이였다고 한다.

그의 진짜 직업을 둘러싼 논쟁 못지않게 재미있는 것이 존 르 카레라는 이름이다. 그는 가명을 쓰는 스파이의 특성상 실명으로 책을 출판할 수 없었고, 상관이 책을 읽는 것도 원하지 않았다. 그러나 책을 가명으로 내더라도 인세를 받는 것이 문제였는데, 그는 고민 끝에 이런 방법을 썼다. 은행에 입금된 인세를 바로 찾지 않고, 예금액이 일정 액수에 도달하면 연락을 달라고 한 것이다. 그리고 세 번째 작품 『추운 나라에서 돌아온 스파이』가 공전의 히트를 치며 베스트셀러가 되자, 마침내 은행으로부터 연락이 왔다. 이 전화를 받은 이후 그는 기분 좋게 사표를 던졌다고 하니, 그야말로 직장인이라면 누구나 한 번쯤 꿈꿔봤을 법한 로망을 실현한 인물이라 하겠다.

그는 자신의 필명을 이렇게 설명한다. "내 필명은 그냥 머리에서 떠올랐다. 어디서 나온 이름인지는 정말로 생각나지 않는다." 그러나 이 말을 믿지 않은 기자들이 끈질기게 질문을 던지자, 그는 귀찮다는 듯이 이렇게 말했다. "출근길에 늘 다니던 구둣가게에서 훔친 이름이다." 하지만 당연하게도 그 가게의 소재는 파악되지 않았다. '르 카레'는 프랑스어로 '네모꼴'이라는 뜻인데, 여러 평론가는 "그 이름은 아무것도 상징하지 않지만 그 이름이 아무 의미가 없는 것은 아니다"라는 아리송한 해석을 내놓았다. 우리나라에서는 인도 음식의 이름과 같아서, 그의 소설을 내는 출판사에서 사은품으로 레토르트 카레를 주었던 일화도 있다.

존 르 카레의 소설 속 주인공들은 하나같이 상류층이 되고 싶어 안달하는 강박증을 가지고 있다. 여러 평론가는 옥스퍼드대학교 출신이라는 점 때문에 그를 귀족 엘리트 계층이라 생각했고, 그의 소설 속 캐릭터 '스마일리' 역시 작가의 모습을 투영했다고 여겼다. 그런데 그의 아버지가 사망하면서, 그동안의 모든 평론을 수정해야 하는 일이 발생한다. 존 르 카레의 아버지는 권력층이기는커녕, 세 살 때 아내와 이혼하고, 수없이 사기 행각을 저지르다 무려 300억 원에 달하는 빚을 남기고 화려하게 파산한 직업 사기꾼이었던 것이다. 그의 아버지는 자신의 사기 행각에 써먹기 위해 자녀를 명문 학교에 보냈으며, 귀족 엘리트 계층 자녀만 다니는 학교에서 그는 감출 것이 많은 아이로 살아야 했다. 이런 배경을 생각할 때, 그가 진짜 스파이가 되고, 또 스파이 소설을 쓰는 작가가 된 것은 어쩌면 필연이라고도 할 수 있겠다.

그의 소설을 번역한 김석희는 이렇게 말한다. "타고난 스파이이자 습관적으로 자신을 위장해야 하는 사람이 자기 경험을 제거할 필요가 생겼을 때 무엇을 하겠는가? 바로 소설을 쓴다."

시대정신이 담긴 소설,
전설이 되다

•

다시 소설로 돌아가 보자. 리머스가 문트를 제거하기 위해 결정적인 증거를 피들러에게 하나둘 내놓기 시작할 무렵, 문트 역시 반격을 시작한다. 문트는 리머스의 연인 리즈가 영국 공산당원이라는 것을 알아낸 뒤, 그를 동독으로 부른다. 절체절명의 위기에서 문트는 리머스가 했던 진술의 틈을 찾아내고, 결정적인 순간에 리즈를 불러내 리머스를 뒤흔든다. 그리고 피들러와 리머스야말로 자신을 처단하려는 서방 세계의 음모라고 외친다. 노련한 스파이인 리머스는 위기의 순간 고뇌에 빠진다.

"런던의 녀석들은 머리가 돌아버린 게 분명해. 나는 분명히 말했어. 리즈를 가만 내버려 두라고. 하지만 내가 영국을 떠난 순간부터, 아니 훨씬 전 내가 교도소에 들어가자마자 어떤 바보 같은 녀석이 뒤처리를 한 게 분명해. 빚을 갚아주고 식료품 가게 주인과 합의하고 집주인한테 밀린 방세를 치르고 무엇보다 리즈 문제까지 해결했어. 그건 미친 짓이고 생각도 못 한 짓이야. 도대체 무슨 목적으로 그랬을까? 피들러를 죽이려고? 자기네 첩보원을 죽이려고? 자신들의 공작을 방해하려고? 스마일리 개인 생각이었을까? 스마일리가 알량한 양심 때문에 저지른 짓일까? 이렇게 된 이상 내가 할 일은 한 가지뿐이야. 리즈와 피들러를 이 사건에서 떼어놓고 나 혼자 책임을 지는 거지. 도대체 놈들은 어떻게 그렇게 많이 알아냈지? 그날 오후 스마일리의 집에 갈 때 절대로 미행당하지 않았다고 확신했는데... 그리고 돈, 내가 본부에서 돈을 횡령했다는 이야기를 놈들은 어디서 어떻게 알아냈을까? 그건 오로지 내부용으로 꾸며낸 이야기였는데." 그는 당혹감과 분노와 수치심에 사로잡혀 교수대로 다가가는 사형수처럼 뻣뻣한 걸음걸이로 천천히 통로를 걸어갔다.

존 르 카레, 『추운 나라에서 돌아온 스파이』(김석희 옮김, 열린책들, 2009)

결국 피들러는 역습을 당해 몰락하고 만다. 그리고 모든 상황이 끝난 그 순간, 리머스는 갑자기 놀라운 명석함을 발휘하며 이내 자신을 둘러싼 무시무시한 계략의 전모를 깨닫는다. 문트의 배려로 리머스는 리즈와 함께 베를린 장벽으로 가 탈출할 기회를 잡는데, 그때 문트가 한마디한다. "당신은 바보요, 리머스. 이 여자는 쓰레기요, 피들러처럼."

베를린 장벽으로 향하는 차 안에서 리머스는 어리둥절해하는 리즈에게 사건의 전모를 밝힌다. "당신도 모르고 나도 몰랐던 것을 말해주지. 문트는 런던의 첩자야. 그는 영국에 있는 동안 첩보부에 매수당했어. 지금 우리는 문트를 구하기 위한 더럽고 비열한 공작이 비열하게 끝나는 것을 목격하고 있지. 동독 보위부 내에서 그 교활한 유대인(피들러)이 진상을 눈치채기 시작했기 때문에 그 위험으로부터 문트를 구하는 것이 이번 작전의 진짜 목적이었지. 런던은 우리를 이용해서 그 유대인을 죽게 한 거야."

베를린 장벽에 도달한 리머스와 리즈에게 가이드는 반드시 리머스가 먼저 담장 위로 가야 한다고 말한다. 그리고 리머스가 담장에서 리즈의 손을 잡아당겨 그를 끌어올렸을 때, 사방에서 서치라이트가 켜지면서 일제 사격이 시작된다. 이미 런던과 베를린의 스파이 두목들은 리즈를 담장 위에서 해치우기로 암묵적으로 합의한 것이다.

장벽 아래에 쓰러진 리즈를 바라보는 리머스에게 친구 스마일리가 외친다. "뛰어내려, 앨릭. 뛰어내려!" 그러나 리머스는 서쪽을 바라보다 이내 동쪽으로 뛰어내린다. 예상치 못한 광경에 동독 경비병마저 당황한다. 존 르 카레는 마지막 장면까지 감정을 철저

냉전 시대의 상징인 베를린 장벽
제2차 세계대전의 결과, 독일은 사회주의와 자본주의 진영에 의해 동서로 나뉘었고,
동독 지역에 위치한 베를린 역시 동서로 갈린다.
베를린 장벽은 1961년 서베를린 경계에 쌓은 콘크리트 담장으로,
약 30년간 유지되다가 1989년 이후 대부분 철거된다. ⓒMagMac

하게 배제하고 건조한 문체로 일관한다. 그것이 바로 하드보일드의 태도라는 듯이 말이다.

> 그들은 사격을 가하기 전에 잠시 망설이는 것 같았다. 누군가가 크게 소리치며 명령을 내렸지만 여전히 아무도 총을 쏘지 않았다. 마침내 두세 발의 총알이 날아왔다. 그는 투우장에 끌려나온 눈먼 황소처럼 주위를 노려보며 서 있었다. 쓰러질 때 그는 보았다. 대형 트럭 사이에 짓눌린 작은 자동차들, 그리고 유리창을 통해 쾌활하게 손을 흔들던 아이들의 모습을.
>
> 존 르 카레, 『추운 나라에서 돌아온 스파이』(김석희 옮김, 열린책들, 2009)

『추운 나라에서 돌아온 스파이』는 존 르 카레에게 막대한 부와 국제적 명성뿐 아니라 서머싯 몸 상, 영국 추리 작가 협회상, 미국 추리 작가 협회상까지 안겨주었다. 소설이 출간된 1963년은 전 세계가 거의 핵전쟁 직전까지 갔던 1960년 쿠바 위기의 충격에서 아직 벗어나지 못했을 때다. 그의 소설이 전 세계적으로 선풍적인 인기를 끈 것에 대해 한 사회학자는 다음과 같은 평가를 내렸다.

"1960년대 동서 간의 긴장 상황을 명확하게 알기 위해서는 존 르 카레의 소설이 필요했다. 그와 동시에 사람들은 그런 치열한 갈등 상황에서 벗어나 가볍고 행복한 것을 동경하게 됐는데, 그런

소망을 화끈하게 충족시켜준 것이 바로 십 대 더벅머리 청년 네 명이다."

존 르 카레의 소설이 '십 대 더벅머리 청년 네 명', 즉 전설의 록 밴드 비틀스와 함께 시대를 대표하는 작품이었다는 평가를 내린 것이다.

14장

심심할 때 시간을 보내는
최고의 방법은?

·

포사이스와 도시들

영국에서 유럽을 바라보는 곳에 위치한 항구도시 도버는 뭐니 뭐니 해도 화이트 클리프(흰 절벽)가 장관이다. 지금으로부터 7000만 년 전인 백악기부터 석회 성분의 플랑크톤 껍질이 차곡차곡 쌓여 지금의 절경을 이루게 됐다는데, 고향을 떠나거나 다시 돌아오는 이들에게 이 아름다운 절벽의 풍경은 그리움의 대상이자, 안식과 평안의 대상이었을 것이다.

여기서 배를 타고 45분만 가면 바로 프랑스의 항구도시 칼레에 도착한다. 칼레 한복판에는 샤를 드골 전 프랑스 대통령과 그의 아내 이본 방드루의 동상이 서 있다. 이들의 동상이 이곳에 세워진 이유는 두 가지다. 하나는 이본 방드루의 고향이라는 점이고, 다른 하나는 제2차 세계대전 당시 런던으로 망명을 간 드골이

영국 도버의 명소인 화이트 클리프

연합군의 승리가 확실해지자 조국으로 돌아온 항구가 바로 이곳이라는 점이다.

드골은 역대 프랑스 지도자 가운데 가장 많은 암살 위협에 시달렸다. 제2차 세계대전 당시 자유 프랑스를 이끄는 지도자로서 나치 독일에 맞섰던 전쟁 영웅인 그는, 전쟁이 끝난 뒤인 1946년 11월 총선에서 패하고 만다. 그는 정계를 은퇴한 뒤 칩거하면서 전쟁 회고록을 집필하는 일로 소일하게 되는데, 이후 프랑스가 이집트, 알제리와 연이어 전쟁을 벌이다가 패하는 사건이 발생한다.

먼저 이집트와의 전쟁의 발단은 1956년 이집트의 나세르 대통령이 수에즈 운하의 국유화를 선언하면서 시작됐다. 이에 반발한 영국과 프랑스는 군사 행동에 합의했다. 물론 서로 속셈은 달랐다. 영국은 한 달 전까지만 해도 자국 식민지였던 이집트의 '도전'에 대해 대영제국의 위상을 다시 확인시킬 필요성을 느꼈고, 프랑스는 자국 식민지였던 알제리의 '민족 해방 전선'을 암암리에 돕는 나세르에게 깊은 반감을 가졌던 것이다. 두 나라는 교활하게 이스라엘까지 끌어들여 두 단계로 침공 계획을 세운다. 먼저 1단계로 이스라엘이 시나이 반도로 진격하고, 적절한 시기에 영국과 프랑스가 이스라엘과 이집트에 전쟁 중단을 요구했다가 나세르가 거절하는 순간 전쟁에 참여하는 것이 2단계였다. 이스라엘이 시나이 반도의 주요 거점을 불과 5일 만에 점령하자, 10월 30일 영국과 프랑스는 두 나라에 선전포고를 한다.

프랑스 칼레에 있는 드골과 방드루의 동상

영국과 프랑스는 이스라엘과 이집트에 수에즈 운하 양쪽 20마일 밖으로 퇴거하라고 요구한다. 당연히 이스라엘은 응했지만 이집트는 불응했다. 사전 계획대로 영국과 프랑스는 이집트의 비행장을 폭격하고 공수부대를 투입했고, 그사이에 이스라엘은 시나이 반도 전역을 손에 넣었다. 그런데 뜻하지 않은 암초가 나타났다. 유엔이 침략 행위를 멈추지 않으면 유엔 연합군을 결성해 사태에 개입하겠다고 엄포를 놓은 것이다.

결국 영국과 프랑스는 체면을 구겼고, 이스라엘은 애써 점령했던 시나이 반도를 이집트에 돌려줘야 했다. 2년 뒤, 이번에는 식민지였던 알제리가 프랑스에 반기를 들었다. 프랑스는 알제리 독립을 놓고 독립을 지지하는 쪽과 반대하는 쪽으로 지식인들이 갈리며 큰 혼란에 휩싸인다. 오늘날까지 잘 알려진 사르트르와 카뮈의 절교 사건 역시 이때 서로 입장이 크게 갈린 것이 큰 계기가 되었다.

프랑스는 알제리의 독립을 인정할 경우 아프리카 전체의 4분의 1에 해당하는 광대한 프랑스 식민지 전역에서 독립 요구가 속출할 것을 염려했다. 당시 프랑스에는 현실과 타협해 알제리 독립을 허용하려는 중도파 내각이 집권해 있었는데, 이에 반발한 극우세력과 군부는 이들에게 대놓고 쿠데타 위협을 가하고 있는 상황이었다. 실제로 알제리 주둔 프랑스군이 파리 공항에 공수부대를 투입하고, 기갑부대까지 동원해 의회를 점령한다는 등의 구체적인 쿠데타 시나리오까지 공공연히 거론될 정도였다. 그리고 마침내 극우파는 알제리에서 직접 행동을 보이기에 이른다.

알제리에서 대폭동을 일으킨 공수부대는 지중해의 섬 코르시카에 투입되었다. 그리고 마치 나폴레옹처럼 남프랑스를 통해 파리로 진군하기 시작한다. 궁지에 몰린 프랑스 정부는 와해됐고, 극우파는 드골이야말로 쿠데타에 정당성을 부여할 적격의 인물이라 여기고 대통령 자리에 오를 것을 권한다. 시골에 칩거하고 있던 드골은 내심 상황을 반겼지만, 겉으로는 딴전을 피우다 마침내 행동을 시작한다.

육군 군복 차림으로 TV 연설에 나선 드골은 몇 가지 요구를 한다. 4공화국이 퇴진하고 헌법 개정을 약속한다면 임시정부 수반 자리를 수락하겠다는 것이다. 극우파와 좌파, 중도 세력 모두는 그의 요구를 들어주지 않으면 정권이 공산당으로 넘어갈 것을 우려했다. 그야말로 "드골의 집권은 작은 불행이었지만 공산당의 집권은 큰 불행"이었던 것이다.

그런데 권력을 쟁취한 드골은 극우파의 기대를 저버리고 알제리 독립을 승인해버린다. 이 결정으로 프랑스는 1960년까지 갖고 있던 아프리카 식민지를 모두 잃게 된다. 그 대신 '영국 연방'과 유사한 '프랑스 연합'이라는 국제기구를 결성한다. 바로 이 결정으로 드골은 극우파의 테러 위협을 받게 된 것이다.

첫 번째 암살 기도는 1962년 8월 공군 중령 장 바스티앵 티리에 의해 일어났다. 이 암살 기도는 거의 성공하는 듯했지만 결국 마지막에 실패하고 말았다. 그러나 극우파는 포기하지 않았고 비밀 군사 조직 OAS를 결성한 뒤 거액의 돈으로 최고의 암살자를 고용해 드골 암살을 추진한다.

드골 암살 사건,
가상과 실제가 뒤섞인 흥미진진한 이야기

•

역사책을 쓰려는 것도 아닌데 드골 암살 사건을 다소 길게 소개한 것은 바로 이번 장에서 다룰 프레더릭 포사이스의 소설 『자칼의 날』이 바로 이 사건을 배경으로 다루고 있기 때문이다. 그는 이 작품을 쓰기 시작한 이유를 책 말미에서 다음과 같이 밝힌다.

1969년 크리스마스에 비아프라에서 돌아왔지만 돈도 없고 이렇다 할 일거리도 없었다. 그래서 드골과 비밀군사조직인 OAS에 대해 써보려고 생각했다. 1970년 1월 1일부터 타자기를 두드리기 시작했다. 날마다 하루에 여덟 시간씩, 그 이상은 도저히 무리라고 생각될 정도로 열심히 자판을 두들겨댔다.
그 아이디어는 어디서 얻었느냐고? 나는 1962년부터 로이터 통신 특파원으로 파리에서, 이른바 '드골 전문반'이 되어 집중적으로 취재했다. 그리고 암살 미수 사건도 자주 일어나 흥미를 느꼈고 나름 조사도 했다. 파리를 떠나고도 이 테마는 계속 내 머릿속에 남아 있었기 때문에 막상 쓰기 시작할 때는 이미 플롯까지 완성된 상태였다.

어디까지가 진짜인지는 비밀이다. 어디까지가 진실이고 어디까지가 픽션인지 독자뿐 아니라 나 자신마저 혼란스럽게 만들 것을 염두에 두면서 써 내려갔다. 다만 작품 속에 등장하는 테크놀로지는 모두 사실이다. 드골의 서재라든가 프랑스 경찰의 움직임도 사실이다. 등장인물도 가능한 한 실명을 사용했다.

프레더릭 포사이스, 『자칼의 날』「작가의 말」(석인해 옮김, 동서문화사, 2003)

『자칼의 날』은 1963년 3월 11일 오전 6시 45분, 한 사나이의 총살형 집행 장면으로 시작된다. 이브리 기지 영내에 한 프랑스 공군 중령이 얼어붙은 땅 위에 박힌 말뚝에 묶인 채 30미터 전방에 총을 들고 정렬한 대원들의 얼굴을 절망에 찬 표정으로 바라보고 있다. 그는 바로 프랑스 대통령 암살을 기도한 OAS의 지휘자 바스티앵 티리 중령이다.

1962년 8월 22일 파리 변두리에 있던 OAS 일당은 프랑스 제5공화국의 대통령 샤를 드골이 죽어 마땅하다는 결론을 내린다. 그들이 이런 결의를 다지는 사이, 드골 대통령이 탄 차가 프티 클라마르 거리에 나타났다. 암살단은 시속 110킬로미터로 달리는 대통령 전용차 시트로엥에 12발의 총탄을 명중시킨다. 두 발이 타이어를 터트렸고, 몇 발은 차체를 관통했으며, 어떤 탄환은 뒷 유리창을 뚫어 파편이 드골 대통령의 코앞까지 흩어졌다.

"모두 엎드리십시오!"라는 경호원의 외침에 드골 부인은 남편의 무릎에 얼굴을 묻었지만, 드골은 무심하게 "또 시작했군"이라는 말을 던지며 깨진 뒷 유리창을 통해 밖을 돌아보았다. 암살자들은 대통령 전용차와 나란히 질주하며 '오만한' 드골의 얼굴이 드러난 시트로엥 뒤쪽을 향해 탄창이 떨어질 때까지 기관단총을 쏘아댔다. 추격전 끝에 구사일생으로 사지를 벗어난 드골은 시골 별장까지 자신을 데려다준 헬리콥터 조종사에게 이렇게 말한다. "그 녀석들, 총도 제대로 쏠 줄 모르더군."

국가 원수 암살 사건이 일어난 뒤, 프랑스 비밀 정보기관인 국외 정보 관리 방첩부, 약칭 SDECE가 대대적인 '인간 사냥'에 돌입한다. 모두 일곱 개 부서로 구성된 SDECE에서도 5부는 '행동부'로 불린다. 구성원 대부분이 코르시카 출신으로, 험악한 인상을 풍기는 거친 사내들이었다. 포사이스는 그들의 단련 과정을 이렇게 묘사한다. "기초 훈련으로써 육체의 한계에 이를 때까지 단련한 다음, 사토리에 이송되어 특별 훈련반에서 모든 전투 기술을 다진다. 개인 화기를 사용하는 싸움, 맨주먹으로 하는 결투, 당수, 유도 등을 배우는 것이다. 그리고 다시 무선 통신, 폭파와 사보타주, 신문, 고문, 유괴, 방화, 암살을 배운다."

이때 SDECE 행동부에 의해 암살 조직이 궤멸되는 순간을 오스트리아의 작은 호텔 방에서 지켜보던 사람이 있다. 바로 OAS의 새로운 작전 주임인 마르크 로댕 대령이다. 그는 로마에 있던 앙드레 카송과 볼차노에 사는 르네 몽클레르를 빈으로 소환한다. 그리고 새로운 암살자의 자격을 이렇게 정한다.

첫째, 외국인이어야 한다. 둘째, 프랑스 경찰이나 정보기관에 알려졌거나 기록에 남아 있을지 모를 OAS 등의 단체에 소속된 사람은 안 된다. 셋째, 전문 암살자여야 한다. 이들은 모두 동의한 뒤 독일인, 아프리카인, 영국인 암살자를 후보로 찾아내고, 마침내 '자칼'이라 불리는 영국인 암살자가 적격이라고 판단한다. 그런데 그가 해낸 업적은 도무지 인간으로서 해낼 수 없을 것 같은 일투성이다.

> "단순한 소문 말고는 없는 사나이야. 공식 기록에 의하면 그는 눈처럼 결백하네. 비록 영국 경찰이 리스트에 올렸다 할지라도, 그에 대해선 단지 의문 부호가 붙어 있을 뿐이야. 인터폴 서류철에도 당연히 기록이 없을 거야. SDECE에서 영국 경찰에 공식 조회를 요청한다 해도 그에 대해선 문제시하지 않을 거야. 자네들도 알다시피 영국과 프랑스는 사이가 매우 나쁜 편이지. 영국 정부 당국에선 작년 1월 조르주 비도가 은밀히 런던에 갔었을 때도 프랑스에 대해선 침묵을 지켜왔을 정도였으니까. 어쨌든 영국인은

런던의 웨스트민스터 궁전
암살자 자칼이 임무를 마치면 돌아와 휴식을 취했던 런던의 대표적인 명소다.
이 궁전 북쪽에 위치한 시계탑이 바로 빅 벤이다.

이런 작업에 적당한 인물이지만 한 가지 문제점이 있어. 비싸단 말이야."

프레더릭 포사이스, 『자칼의 날』(석인해 옮김, 동서문화사, 2003)

마침내 암살 수뇌부는 빈에서 영국인 암살자 로댕과 만난다. 그 자리에서 수뇌부는 이전까지의 실패를 이야기하면서 우려 섞인 말을 하지만, 로댕은 그저 싸늘하게 대답한다. "암살자의 총탄으로부터 완전히 보호되는 인간은 이 세상에 없소."

마침내 계약이 체결됐고, 암살자 로댕, 즉 자칼은 50만 달러에 프랑스 대통령 암살을 약속한다. 그는 드골의 회고록인 『칼날』을 읽고 대영 박물관에 들러 《르피가로》의 묵은 신문들을 조사하면서 마침내 아이디어를 얻는다. 바로 명예를 중시하는 이 오만한 대통령은, 어떤 특정한 날이면 날씨를 가리지 않고 반드시 사람들 앞에 모습을 나타낸다는 사실이었다. 자칼은 자신과 피부색과 체격이 비슷한 두 사람의 여권을 훔쳐 새로운 사람으로 변장한다. 그리고 암살용 라이플과 위조 여권을 마련한 뒤, 파리 몽파르나스역 인근의 '1940년 6월 18일 광장'으로 간다. 바로 암살 현장이 될 장소다.

옛날에는 렌 광장으로 불리던 장소가 1940년 6월 18일 광장으로 이름이 바뀐 것은 1940년 6월 14일에 런던으로 망명했던 드골이 나흘 뒤 마이크 앞에 서서 프랑스 시민을 상대로 항전을

파리 몽마르트르 언덕에 위치한 광장
언뜻 평화로워 보이는 공간이지만, 포사이스의 소설을 읽고 난 뒤에는 어디에선가 몰래
암살자가 음모를 꾸미고 있을 것처럼 느껴진다.

호소한 날이기 때문이다. "우리는 비록 전투에는 패했으나 전쟁에서는 아직 패하지 않았다!"라는 유명한 연설이었다.

자칼은 광장에서 130미터 떨어진 아파트 맨 꼭대기 층을 저격 장소로 점찍어 놓는다. 그런데 암살 준비가 하나하나 진행되던 사이, 의외의 곳에서 구멍이 뚫린다. 암살 수뇌부의 경호를 맡은 거구의 폴란드인 코발스키가 외동딸이 백혈병에 걸렸다는 소식을 듣고 프랑스 마르세유로 날아간 것이다. 그러나 이것은 SDECE 행동부의 공작이었고, 체포되어 고문을 당하던 그는 결국 암살 모의를 밝히고 금발의 영국인을 거론한 뒤 죽는다. 프랑스 SDECE 행동부의 보스 롤랑은 코발스키의 진술서를 밤새워 분석한 뒤 마침내 대통령 암살 시도가 이루어지고 있다는 사실을 알아낸다. 이제 프랑스 최고의 형사인 형사국 차장 클로드 르벨 총경이 등장해 카리스마 넘치는 최고의 암살자 자칼과 맞설 차례다.

여기서부터 소설의 내용을 더 밝히는 것은 손에 땀을 쥐면서 자칼과 르벨의 대결을 즐겨야 할 독자의 권리를 빼앗는 일이 될 것 같다. 이 소설은 작가가 호언장담 대로 실제와 가상이 교묘하게 뒤섞여 있는데, 흥미로운 것은 실제로 '자칼'이라는 테러리스트가 있었다는 점이다. 1970년대를 풍미한 국제적인 테러리스트 카를로스 더 자칼, 일리치 라미레스 산체스가 바로 그였다. 베네수엘라 부유층의 자녀로 태어난 그는 1970년대 전 세계를 공포에 떨게 한 팔레스타인 해방기구, 검은 9월단, 바더 마인호프 등

파리의 낡은 아파트 단지
『자칼의 날』의 암살자는 드골 대통령을 암살하기 위해 이런 곳에 은신해 있었을 것이다.

무장 조직의 청부를 받고 수많은 테러를 저질렀던 암살자였다.

그는 1972년 뮌헨 올림픽 테러 사건 때 검은 9월단 행동 대원들을 교육하는 역할을 맡았고, 1975년에는 오스트리아 빈에서 열린 국제 석유 수출국 기구 회의장을 급습해 각국 장관을 인질로 잡고 5000만 달러를 받아서 사라진 적도 있었다. 영원히 붙잡히지 않을 것 같던 범죄자는 결국 1994년 수단에서 체포되었고, 프랑스로 압송되어 종신형을 선고받는다. 그러나 이 자칼은 이름만 같을 뿐『자칼의 날』에 등장하는 자칼과는 무관하다.

문득 정신을 차리니
어느새 날이 밝아 있었다!

•

포사이스는 1938년 영국 켄트주에서 태어났다. 한때 투우사가 되기 위해 스페인 그라나다대학교에 유학한 적도 있었지만, 결국 영국 공군에 들어가 제트기 조종사가 되었다. 제대 후에는 언론사에 들어가 3년 동안의 지방 기자 생활을 거쳐《로이터통신》의 해외특파원이 된다. 프랑스어와 독일어를 모두 유창하게 구사할 수 있어서, 처음에는 파리에 주재했지만 나중에는 동베를린 주재 기자가 된다. 1961년 베를린 장벽이 세워진 직후, 당시 동베를린에서 활약한 서방 측 기자는 포사이스가 유일했다.

이후 그는 BBC에 들어갔다가 1968년에 그만두면서 자유 기고가가 된다. 그리고 내전이 한창이던 아프리카 비아프라에 들어가, 그 참상을 『비아프라 이야기』라는 논픽션에 담아냈다. 이 작품은 펭귄 출판사에서 출간되어 꽤나 호응을 받았다. 『자칼의 날』은 그 이후에 집필한 것으로, 그의 첫 번째 소설이자 두 번째 작품인 셈이다.

"독자들은 어디까지가 진실인지 당황하게 될 것이다", "단순한 스릴러라기보다는 역사적 사실을 재구성한 작품이다", "역사의 한 단면을 절묘한 픽션으로 색칠했다" 등 『자칼의 날』은 《타임스》, 《선데이 익스프레스》, 《렉스프레스》 같은 유수 언론으로부터 극찬을 받는데, 그중에서도 백미는 《뉴욕타임스》의 서평이다.

"지금까지 스파이 스릴러의 걸작으로 여겨진 『맨추리안 캔디데이트』나 『추운 나라에서 온 스파이』 같은 작품마저, 이제는 아동용 미스터리처럼 생각된다. 독서 삼매경에 빠져 있다가 문득 정신을 차리니 어느새 날이 밝아 있더라는 체험을 원하는 독자라면 이 책이 적격이다."

포사이스가 쓴 작품은 오늘날에도 대부분 스릴러의 고전으로 통할 정도로 인기를 얻고 있다. 그는 일흔을 넘긴 나이에도 『코브라』, 『더 킬 리스트』 등의 작품을 발표할 만큼 정력적으로 작품 활동을 했지만, 2016년 영국 《가디언》과의 인터뷰를 통해 마침내 은퇴를 선언한다. 작품을 쓰기 전에 늘 아내와 함께 취재 겸 여행을 다니는데, 이제는 더 이상 아내와 함께 위험한 곳을 여행하기엔 너무 나이가 들었다는 것이다. 사람들은 위대한 소설가의 은퇴 소식에 안타까워했지만, 몇 년 지나지 않아 씩 웃음 짓게 되는 소식을 접하게 된다. 은퇴 선언 후 불과 2년 뒤인 2018년, 여든이 된 포사이스가 신작 소설 『더 폭스』를 세상에 내놓은 것이다. 마치 계속해서 소설을 쓰지 않는 삶은 의미가 없다는 것처럼.

예술가들이 거닐던 여러 도시의 거리와 골목길을 산책했다. "예술은 내 삶의 일기다"라는 사진작가 낸 골딘의 말처럼 그들이 남긴 작품을 직접 보고, 그들이 생활했던 장소를 찾는 일은 마치 은밀하게 감춰둔 일기장을 찾아서 펼쳐 보는 기분이었다. 보티첼리와 단테의 피렌체, 클림트의 빈, 랭보의 샤를빌 메지에르, 고흐의 생 레미 드 프로방스 등 곳곳에 남아 있는 예술가들의 삶의 흔적을 마주한 뒤에야, 예술이 삶의 연장선에 있다는 사실을 새삼스레 깨닫게 되었다.

이탈리아의 피렌체를 거닐 때에는 지금은 흔적만 남아 있는 메디치가의 영광을 되새기며 루크레치아 토르나부오니를 떠올렸다. 그는 여성이자 메디치가의 안주인으로서 역사의 조연에 머무르지 않고 당당하게 정치가이자 예술가로 살았으며, 위대한 예술가들의 후원자로서 르네상스 문화가 꽃피는 데 크게 기여했다. 보티첼리를 비롯한 여러 예술가를 발탁해 후원한 것이 바로 그였다. 그의 흔적이 남아 있는 피렌체 곳곳을 여행하면서 아내, 엄마로서뿐 아니라 늦은 나이에 사진작가로서의 정체성을 선택한 내 삶이 결코 이기적인 것이 아니라고 격려를 받는 듯한 기분이 들었다.

남편에게는 오랜 습관이 있다. 내비게이션이 가리키는 길을 두고 늘 새로운 길을 선택하는 것이다. 그 때문에 잘 닦인 도로가 아닌 험한 산길을 몇 시간씩 달려서 화가 폭발할 때도 있었지만, 그 산길이 바로 알퐁스 도데의 소설 「별」의 무대인 뤼브롱산이었다는 것을 알았을 때의 감동은 지금도 잊히지 않는다. 그렇게 뜻하지 않게 아름다운 풍경을 만날 때마다 뒤의 일정은 생각하지 않고 팔이 아플 때까지 카메라 셔터를 눌러댔다. 그런 나를 묵묵히 기다려준, 인생이라는 긴 여행을 함께하고 있는 남편에게 새삼 고맙다는 말을 하고 싶다.

이 책이 나오기까지 많은 분의 도움이 있었다. 그분들에게도 이 자리를 빌려 진심으로 감사하다는 말씀을 드린다.

이서현

마치며

"걸음을 멈추면 생각도 멈춘다."

장 자크 루소

천천히 걸으며 떠나는 유럽 예술 기행

산책자의 인문학

초판 1쇄 인쇄 2019년 9월 6일
초판 1쇄 발행 2019년 9월 16일

지은이 문갑식
사 진 이서현
펴낸이 김선식

경영총괄 김은영
책임편집 김대한 **디자인** 황정민 **크로스교정** 조세현 **책임마케터** 박태준
콘텐츠개발4팀장 윤성훈 **콘텐츠개발4팀** 황정민, 임경진, 김대한, 임소연
마케팅본부 이주화, 정명찬, 최혜령, 권장규, 이고은, 허윤선, 김은지, 박태준, 배시영, 기명리, 박지수
저작권팀 한승빈, 이시온
경영관리본부 허대우, 하미선, 박상민, 윤이경, 권송이, 김재경, 최완규, 손영은, 이우철
외부스태프 본문디자인 DESIGN MOMENT

펴낸곳 다산북스 **출판등록** 2005년 12월 23일 제313-2005-00277호
주소 경기도 파주시 회동길 357 3층
전화 02-702-1724 **팩스** 02-703-2219 **이메일** dasanbooks@dasanbooks.com
홈페이지 www.dasanbooks.com **블로그** blog.naver.com/dasan_books
종이 (주)한솔피앤에스 **출력·제본** 갑우문화사

ISBN 979-11-306-2579-9 (03800)

• 책값은 뒤표지에 있습니다. • 파본은 구입하신 서점에서 교환해드립니다.
• 이 책은 저작권법에 의하여 보호를 받는 저작물이므로 무단 전재와 복제를 금합니다.

다산북스(DASANBOOKS)는 독자 여러분의 책에 관한 아이디어와 원고 투고를 기쁜 마음으로 기다리고 있습니다.
책 출간을 원하는 아이디어가 있으신 분은 다산북스 홈페이지 '투고원고'란으로 간단한 개요와 취지, 연락처 등을
보내주세요. 머뭇거리지 말고 문을 두드리세요.